爱情就是堆积如山的笔记

苏美 著

Love is a
Mountain of
Notes

江苏凤凰文艺出版社

序一

叶 勐

认识苏美很多年了，从清韵论坛，到乌青的果皮村，又到博客大巴的春风镇，春风镇是个好地方，这么多年了，我忘了很多事情，但偶尔还会想起它。后来，大家各自进入角色，开始真正的生活，苏美关闭了春风镇，我以为她不写了，忽然有一天，收到她的短信说送书给我，这时候我才知道，她原来一直在写，而且已经是豆瓣名人了。一晃又是多年，苏美越来越像个女战士了，低调，沉稳，弹无虚发。最近，她又要出书了，是一本读书笔记，她找我写一个序，我心里有点不安，我不是名人，也从没给人写过序，甚至我都没看过她读的那些书，但我还是答应了，很难讲为什么，没准只是为了春风镇。

我现在管苏美叫二姐，倒不是为了亲切，主要是觉得二姐这个名字的人设更生动一些。认识好多年了，只在五道口匆匆见过一面，更多的时候，我们彼此都只是一个映像，搞不好还是多年之前的，就像星星闪烁的光。说实在的，我不喜欢那样，朋友还是多点生活的气息才好。"二姐"是我对苏美的更新，正如苏美眼中的包法利夫人、林四娘、吕无病、白秋练，仿佛与我们处在相同的时空里，参与着我们的现实生活。比如林四娘吧，白天参加各种文艺趴、作品研讨会，晚上不睡觉彻夜研读《金刚经》，女鬼读佛经，这得是有多高的精神追求啊，经苏美那么一勾勒，忍不住就要笑出声了，这不就是白天工作满满、晚上熬夜考职称的公司小白领吗？再比如霍女，一个精通媚术的拜金女，不断地换着老公或者干爹，但苏美却把她归到了侠女的行列，这个人物诠释得简直太好了，真是神来之笔，一个女人，过日子就过成了个侠女，而且把别人都嗨了起来，她自己始终是她自己，连热闹都不看，拍拍手就走掉了。那种平淡无奇，比刀光剑影更惊险，比牛鬼蛇神更诡异，不知道是不是我也嗨了，怎么还读出了银河映像的味道。

那么，苏美究竟是怎么做到的呢？怎样才能让那些人物不囿于时空的限制，我想这与对人物的解读和认知有很大关系。这种互动关系，既像比特币相互间的确认，又像BT下载相互间的索取，也就是说，从他们吸引苏美去写，到我通过苏美去读，这些都是对过眼神的，而且不要忘了，这些错综复杂的互动关系后面，还有一帮叫蒲松龄、福楼拜……的大 Boss，从他们的角度看，这又成了一种信托关系，大佬们以无形资产信托的方式存于世间，如此说来，苏美无疑就是其中的一名代理人，或者经营者。

我是不是把苏美说成个微商了？这非我本意，但事已至此，好吧，我们最后就谈一下苏美的商誉。若作为商家，我想苏美经营的不是刚需，也不是快餐，想来想去，最合适的还是文字，也就是说，不管是在精神世界还是在物质世界，她就是个写字的。这么说，苏美也算童叟无欺了，她没给大佬们做代言，也没打着大佬们的旗号招摇撞骗。不为行侠，只为自嗨，听着怎么有点像刚才说的那个霍女呢？当然，苏美也没霍女那么洒脱，否则苏美就成了侠女，世间也就没有了二姐。苏美之所以是二姐，是因为她也有世俗化的一面，在意气风发之余，她也会孤独、失落、抓狂、气馁……但这也许就是如此，苏美才会把人物分析的这么生动，她并没有给人物赋予新的时代感，而是恰恰把时代感给抹去了，沧海桑田，一键飞梭，背景空空如也，人物才更清楚了。

序二

林愈静

生完孩子后,文艺青年这种病并没有好,娃才刚脱手去幼儿园,苏美老师又写了本《爱情就是堆积如山的笔记》。这本书是十本书的读书笔记,这十本书有个共同点:都是历经时间考验的名著。和《文艺女青年孕育指南》与《倾我所有去生活》不同,这本书更多体现作者作为学者的阅读论文和写论文的功力,以至于有的读书笔记甚至和书一样的规模(《情人》),这种做学问的力量、读小说的功力让我大开眼界,那种穿越古今,旁征博引令人佩服,一会儿在成书年代设身处地,一会儿跳到二十一世纪感同身受,有时把一本书掰烂揉碎,切片儿研究,把作者八卦个底掉,有时又纵横比较,从《情人》里的少女想到《飘》里的斯嘉丽、《你好,忧愁》里的塞西尔。

我们今天处在一个手机阅读时代，能读完一篇稍微长点儿的公众号文字的人已经算是非常有耐心以及深度阅读者了。即时性、标题党、蹭热点、十万加成了如今阅读的主流。但就我浅薄的经验，这些阅读只会令人更浅薄，更浮躁，更空虚。我不止一次在一些真正的知识分子而不是现在的知识红人的访谈中看到一些共同的建议：阅读名著。无论是学术名著还是名著小说，千百年来，经历时间考验，历久弥新。除了自身质量过硬之外，一代又一代的读者源源不断地为名著注入力量。也许《傲慢与偏见》在出版年代只是那个时代的琼瑶小说，但百年来，不同时代的读者从中吸取营养的同时也为它注入新的生命力。

我至今对于那些十几岁就对《红楼梦》大发感慨的人抱怀疑态度，即便十几岁已经有能力读红楼，但真的能明白"世事洞明皆学问，人情练达即文章"吗？我十几岁时一点也不喜欢《红楼梦》，连电视剧都不喜欢，二十几才第一次读完它，又过了许多年反复重读，感慨万千，才明白它为何是千古名著，为何作者需要增删五次，批阅十载才完成。苏美这篇读书笔记里的书，想必有不少是学生时代就读过的，但到今天写下这些笔记是在她工作十数年，为人妻为人母之后。我们能看出其中岁月的痕迹，正如柳敬亭说书，"今日的我已非昨日的我，同一个故事，同一个人物，同一句话，以前也许一带而过了，今天有了更深的理解。"例如，没生养过孩子的人，大概不会对《聊斋·侠女》里作者那句简短的描写感慨万千：

"'叩良久，女始蓬头垢面自内出'，'蓬头垢面'四个字真是道尽辛苦，再联想到她身怀六甲夜探仇家，临盆不久立刻手刃仇人，真无法对这种身心上的双重煎熬视而不见。"

苏美在这本书里感触最多的大部分仍是"倾尽一生去生活"的女文青，《包法利夫人》里的爱玛、《革命之路》里的爱波、聊斋里的众多女鬼、《情人》里的法国少女……她们的爱恨情仇，挣扎与无奈，穿越时空和今天并无特别不同，这大概就是鲁迅曾经批判过的文学中"永久不变的人性"吧。

这些名著我读过一些，有一些是看的电影，尤令我觉得新奇的是她的视角，年纪渐长我渐渐发现原来男女之间真是金星火星的差别，当然这种差别没有对错，只是对彼此而言都有种"啊？原来你是这样想的"的震惊，印象最深的应该是《革命之路》，就算我已经算是非常女权主义的男人，仍然惭愧地看到了很多我没想到的方面。男人不能完全理解洗碗做饭削土豆的家庭妇女心中的惊涛骇浪。苏美老师分析《蒂凡尼的早餐》也令我耳目一新，老实说，看过小说和电影后，我仍然不能理解它的好，甚至不能理解为何卡波特会写这么一篇东西。这篇读书笔记，帮我扫去了遮住我目光的那层薄薄的灰尘，有种"如听仙乐耳暂明"之感。

我非常喜欢苏美的文字，尤其是那本《倾我所有去生活》，在它还叫《器世界》时，我读了几遍，苏美的文字坦荡热烈，而且有一流的智慧型幽默感，和《器世界》相比，这本书更像学者随笔，没有那么浓烈的作者情感，但其中的思辨和感慨，仍然是个性非常鲜明的，比如写《情人》的阅读感受：

"法国人写纯爱故事真是欲念汹涌：炎热、压抑、物欲、性欲、绝望，身体就像炸药包，空气里都闪着火星，随便哪个人都可以把它引爆。要是换成日本人写必定是清浅的小溪流淌着散碎的樱花，男女主人公小眼神儿还没来得及交换呢就先死一个为敬。"

我这篇东西可以说是书评的书评了，我觉得书评不是读书的替代品，罗振宇更不是，哪怕苏美老师这本角度多元内容扎实情感充沛的书评，也只是一架梯子，一把钥匙。所以，虽然大部分名著不如标题党十万加那么好读，还是希望读过这本笔记的人，可以放下手机，这个春天开始，读一本名著吧。

目 录

Contents

1　001　《包法利夫人》：已婚少妇的必死困局

2　035　《傲慢与偏见》：热闹中的干燥者

3　047　《贵族之家》：评断的能力

4　059　《老妇还乡》：报复的方式

5　083　《情人》：爱情这件事，只和我有关

6　115　《霍乱时期的爱情》：爱的信与不信

7　137　《蒂凡尼的早餐》：浮华世界的荷花梦

8　155　《革命之路》：道不同，不相为谋

9　173　《钢琴教师》中的爱情：暴力相向

10　187　《聊斋志异》：一个春天，读完聊斋

《包法利夫人》

MADAME BOVARY

已婚少妇的必死困局

1

《包法利夫人》

已婚少妇的必死困局

在目前的文学史教育背景下谈《包法利夫人》难免会遇到"法国批判现实主义巨著"这样的说法。在文学史意义上这个界分和评价当然也可以：十九世纪三十年代之前欧洲文学的主流是浪漫主义，从三十年代开始现实主义抬头，十九世纪末自然主义独领风骚——这个世纪的文学风格在学界确实就是这么个界分。福楼拜的《包法利夫人》成书于一八五七年，按年代划分为现实主义作品本来不算唐突。

然而尴尬的是，且不说他与同被划分为"批判现实主义文学"的巴尔扎克的区别如此明显，就连福楼拜自己都说"我写《包法利夫人》就是出于痛恨现实主义"；自然主义旗手左拉曾经盛赞《包法利夫人》，作为褒奖称它为"自然主义小说的典型"，但福楼拜毫不领情，毕竟《小酒店》和《包法利夫人》的文学旨趣相差甚远。

在具体作品前谈"主义"和"流派"意义不大，毕竟"文学"和"文学史"是两件事，文学作品的独特性和丰富性总会溢出这些概念名词，更何况《包法利夫人》太特别了，没法把它削足适履塞进任何一个文学定义里去。而且恕我直言，对于作品的接受，根据以往的经验来看，这些文学专业术语真是有百害而无一利。

"巨著"二字应该就其艺术价值而言，这倒也没问题。不过原著一点也不"巨"：左拉曾经描述当年印行时原书也就四百多页。据说十九世纪欧洲文学四大悲剧女性是托尔斯泰的安娜·卡列尼娜、冯塔纳的艾菲·布里斯特、易卜生的娜拉和福楼拜的包法利夫人。《玩偶之家》为戏剧剧本无从对比，其余三本里篇幅最短的就是《包法利夫人》，一九九二年译林出版许渊冲的中译本才三百一十四页，是《安娜·卡列尼娜》的三分之一，即便算上出版发行时被删节的部分，这样的篇幅在长篇小说里也算短的。

小说的故事情节也很平淡无奇——身处二〇一八年很难对这种"平淡无奇"有具体的感受，毕竟现代派小说给我们提供过更加平淡无奇甚至于无聊的阅读体验——但对比一下当时欧洲文学的大概气氛就知道这个选材有多奇特了：一八五〇年巴尔扎克带着没写完的《人间喜剧》死掉了，一八五二年，果戈理烧掉《死魂灵》第二卷的手稿也死了，一八五七年大仲马写了《双雄记》，一八五九年狄更斯写了《双城记》，一八六〇年屠格涅夫写完《前夜》，一八六二年雨果出版《悲惨世界》，一八六三年托尔斯泰开始写《战争与和平》——而《包法利夫人》写了什么呢？它写了一个在修道院受过贵族教育熏染的农家女，渴望多彩的生活却陷入平庸无望的婚姻，两度偷情却没有抚慰心灵的欲念，却使她积债如山，梦想和现实的巨大落差使她无路可走，最后服毒自尽。连乔治桑都忍不住评论说，这部小说"对人生缺乏一种明确和广大的视野。"

对于现当代的读者来说，经过现代派小说和当代小说的狂轰滥炸，十九世纪的小说真是太"好看"了，即便是《包法利夫人》这种在当时被认为缺乏奇情故事与戏剧性冲突的小说，一个周末也就看完了。它当然写得好，一出版就成了文学写作的典范，乔治·桑、雨果、波德莱尔、左拉、屠格涅夫都对这部小说盛赞有加，且统统聚焦在福楼拜高超的基于语言和句子之上的小说技法，至今这部小说还是经典的法语范本。

其中最有趣的是普鲁斯特在一九二〇年在名为《论福楼拜的风格》里的一段评价："令人惊讶的是，一个不具备写作天赋的人居然把简单过去时、不定式过去时、现在分词、某些代词和某些介词以全新的、个性化的手法加以运用,他几乎更新了我们对事物的看法,正如康德用他的范畴学更新了关于外部世界的认识论和真实论。"——将福楼拜的语言能力与康德的影响比肩,而且还来自普鲁斯特,这真是相当高的评价了,然而,什么叫"一个不具备写作天赋的人"……

包法利夫人一生居住过四个地方。结婚前她叫爱玛,那时候她住在贝尔托庄园,按照书中的描述,离夏尔行医的小镇子还有约二十七公里,一八五七年的二十七公里和今天完全是两个概念。算一算时间表:夏尔接到求诊信在夜里大约十一点,清晨四点动身,一路描写的都是典型的乡村情景,到达贝尔托时天光大亮,田庄里的鸡,池塘里的鹅,炉子上沸腾的早餐都清晰可见,这一路两三个小时是肯定有的。

按照文中所说,爱玛的爸爸是本地"最阔气的种地人",但我们不能纵容自己拿工业时代的廉价田园梦去美化"贝尔托田庄"及乡村生活:院里放着犁具,厅里靠墙放着面粉,墙上的绿漆一片片的剥落,厅里冷得不得了,有严冬,有狼群,这是典型的再平庸不过的乡村生活,其偏僻程度甚至到了一个简单的骨折,都需要去二十公里外请一个庸医的地步。所谓"阔气",夏尔那个刻薄的寡妇妻子用尖利的牙齿揭开了最后一点真相:"他们家的爷爷不过是个放羊的!……还有那可怜的老头子,去年要不是靠了油菜，说不定连欠的账都还不清呢！"在贝尔托的生活里，书中只用一句话做了说明："还不如住在城里好呢，哪怕过个冬天也罢，虽然夏天日子太长，住在乡下也许更无聊。"

这个句子很有意思，因为原文中它并不在引号里，也就是说它并不是爱玛自己说出来的。那它是谁说的呢？福楼拜吗？可这确实是爱玛的声音，它的个人色彩太强烈了，但这样重要的话是出自谁的视点呢。《包法利夫人》全书中充满了这样视点多，但隐蔽、个人色彩强烈、不是直接引语的句子。这造成了一种奇特的效果，福楼拜作为作者并不参与到叙事当中去，不臧否人物，不给主人公任何伦理道德上的盖棺定论（这也是他的文学理想），但同时又绝不完全清白无辜，他确实通过这样的语法手段将自身渗透进叙事里去了。和十九世纪其他作家不同，福楼拜在叙事中对主人公的疏离感是最强的，相比托尔斯泰对安娜·卡列尼娜的态度，福楼拜对包法利夫人可算是冷静直逼冷漠，这导致了一个客观结果，作为读者，我们没把握该把多少情感投射到包法利夫人身上去，因为福楼拜自己就在一个模糊的地带来回摇摆。

结婚后，爱玛离开乡村住到了托特。对于"新居"的描写可谓触目惊心：卷边的糊墙纸，窄小的房间，废旧的灶房，积满灰尘的农具，冒烟的火炉，渗水的墙壁，咯吱作响的门，托特这个地方之小，连去沃比萨参加爱玛这一生唯一一次"上流社会"的宴会，都活活儿从下午三点走到天黑。但真正逼仄的牢笼则是婚后生活。夏尔此人即便以今天的眼光去评价，也已经突破了"善良木讷"的界限，可以用"无聊"来形容了。他在托特如鱼得水不是没道理，他自己就是这个小镇最好的活体代言人，"雷打不动的稳定，心平气和的迟钝"，而爱玛的美貌和心思灵活有目共睹。这种门户上登对，但性情心智上完全不匹配的婚姻，等于是把"武大郎潘金莲模式"的两极向内收缩：夏尔是不那么穷丑的武大郎，爱玛是不那么淫艳的潘金莲。可是，这之间的张力毫无二致。施耐庵没有打开潘金莲的内心世界掰开揉碎那么写，否则里头得住着多少包法利夫人。沃比萨的舞宴给予她兴奋的同时也反衬出她乡镇青年的出身，"爱玛不会跳华尔兹。别人都会跳。"当舞会中有乡下人把脸贴着玻璃往里瞧，"她又看见了田庄，泥泞的池塘，在苹果树下穿着工作罩衫的父亲，还看见她自己，像从前一样在牛奶棚里，用手指把瓦钵里的牛奶和乳皮分开。"在托特，她还能因为自己的容貌鹤立鸡群，而在沃比萨的舞会上，她真实地感受到浮华、刺激、多彩和绚丽的生活与自己之间无法跨越的鸿沟。她购买了巴黎地图，订阅了巴黎杂志，看家装风格、读文学作品、换年轻侍女、关心文艺演出，但这一切都无法抚慰她无聊的生活。"她既想死，又想去巴黎"。巴黎是她第一个情夫，那个"比海洋还更模糊不清，在一片镀了金的银色空气中闪闪发光"的巴黎啊。

搬离托特之前，包法利夫人已经患了精神病，这不是一个修辞,而是一个医学诊断。"有些日子她发高烧,说胡话,说个没完;兴奋过度之后,接着却又感觉麻木,一言不发,一动不动。"这个描述已经接近躁郁症的症状了,他们离开了托特,去了荣镇,此地距卢昂八古里,折算下来三十多公里路,不算近,卢昂不比巴黎繁华,但是至少那是一个有着歌剧院和旅馆的大城市。对于荣镇,福楼拜进行了非常细致的描写,从河谷到堤岸,从橡树林到教堂,从菜场到奥默先生的药房,层层铺陈,读起来很有趣味,但最后总结在这一句上"只有一条唯一的街道,从街这头开枪,可以打到那一头。"我们可爱的爱玛,换了一个大一点的囚笼而已。

她在这里错过了"小鲜肉"莱昂,接着投入了情场老手罗多夫的怀抱——我本来想写"落入情场老手罗多夫的罗网",但这不是事实。在这样一个死气沉沉的小镇,罗多夫是她的出口,也是她的绞索,饮鸩止渴四个字真是再贴切不过。那个焦渴、窒息、挣扎的爱玛被罗多夫从绝望的土地里收割回来,最后却抛进阴暗的谷仓里任她腐烂——这当然是所有情事的共同结局,否则还要怎么样?离婚私奔白头到老吗?小小的荣镇什么秘密也藏不住,两个人调个情出个轨,都不得不夹杂着农业展览会的良种猪和粪便肥料评比,牡丹花下晒秋裤真是人生真相,再怎么自命不凡郎情妾意,也得面对这无情的嘲讽和荒腔走板。一场理应走肾偏偏走了心的情事折磨得爱玛九死一生,书中的描写敲骨吸髓,福楼拜的叙述本来力求冷静近乎冷漠,这一段写得虽然克制但仍旧不免令人心碎——即便是一个自命不凡、爱慕虚荣、空虚无聊、私德有亏甚至连母亲都当不好的女人，也不应当遭受这样的痛苦、折磨和惩罚。"她不说话，也听不见，看起来甚至也不痛苦——仿佛她的肉体和灵魂在万分激动之后进入了全休状态"。

爱玛最后出没的地方是卢昂，这是她梦想的开始和终结之地。爱玛年轻时曾在卢昂修道院接受过贵族化教育，琴棋书画，她的父亲认为自己的女儿应当经历这种体验。从上一场情事中脱身而出的爱玛，九死一生，又与小鲜肉莱昂在此地重逢。这曾经是最接近她理想生活的地方；剧院、餐厅、旅馆，各色男女。莱昂也应该算是理想的情夫：年轻、风流、对她着迷。但爱玛可不是之前的爱玛了。物是人非，一切似乎都掐头去尾打了个对折，像，但都不是。她在罗多夫手里死过一回，死里逃生之后再来到卢昂，一条性命死灰复燃就带上了焦臭和腐坏的味道，如果愤恨多少还带有生命的勇力，她现在连愤恨都没了。终于厌倦了挣扎求生的辛苦，咬紧最后一次牙关之后，松手，下坠，大笔的花钱、肆意的肉欲、毫无廉耻的谎言，一切都带着加速度把她向着深渊拖曳。小情人终究相当乏味，经济也困窘，她也无所谓给他花钱，她厌倦他又找不到方式摆脱他，旅馆的激情一旦退去，偷情简直比婚姻还无聊百倍。化装舞会、剧院、咖啡馆、码头的小馆子，车马劳顿，再怎么堕落都无法填满心中的空虚和无聊，欲望像贪吃蛇一样开始吞噬自己，但这欲望又没有对象可以承受和解决：不是爱情，不是金钱，不是肉欲，这些她自以为是的良药都救不了她。对罗多夫的爱情毁了她一次，对莱昂的肉欲毁了她一次，签下勒合的巨额债务把她剩下的最终一点残渣剩骨收走了。包法利夫人青春的迷梦始于卢昂，命运的绞索也在卢昂收到它的最紧一环。

"她既想去巴黎，又想死。"巴黎她是始终也没去了，死，倒是真死了。

爱玛毫无疑问是个文艺青年。文章一开头就通过各种手段强调这一条：通过夏尔的眼睛，看见堆放面粉、墙漆剥落的房间里，墙壁上固执地挂着爱玛的铅笔画，画的是文艺女神像。通过嫉妒的医生妻子的破口大骂，我们知道了爱玛会跳舞、绘画、绣花、弹钢琴。通过托特人的眼睛，我们看到她穿衣颇有品位，追看巴尔扎克和乔治·桑的小说，关注文艺动态，喜欢饭局，钻研时尚杂志，读哲学，读历史，会拿琉璃花瓶装饰壁炉，会给表链挂装饰品，会给袍子镶一道边，还会把普通的菜色进行漂亮的摆盘，喜欢手写信，会写情书，而且坚持认为给男人写情书是一个女人的本分，她的头脑里充满不同常人的奇思妙想，穿男装，婚礼也不想走寻常路，品位还挺雅致——将这个女人从十八世纪一把拽到现在，她和朋友圈里晒书、晒咖啡、晒画作、晒花朵、晒旅行、晒书店、偶尔晒孩子但对先生绝口不提的少妇，有多大区别？

这些特质都使她卓尔不群，毕竟镇子上的女人们除了做饭、带孩子、开店算账之外对什么都不感兴趣。罗多夫这个花花公子最初注意到她也是觉得她"跟镇上别的女人不一样"，但更大的不同是：爱玛还很漂亮。一位七线小镇的、文艺的、无聊的漂亮少妇——这种设计即便今天听起来也相当高危，悲剧的发生是大概率事件。

抛开那些描写，福楼拜花了很大的心思在细节的展示上，爱玛的穿着就非常有意思：爱玛第一次出场时，就仿照男人在上衣的两颗纽扣间挂了单片眼镜。这个装扮，让人想到《安妮·霍尔》中女文青鼻祖安妮出场时的男性化装扮。服饰作为符号，在很多小说和影视当中的作用不可小觑，《红楼梦》就是个典型。在夏尔因为一次失败的手术而彻底名誉扫地之后，爱玛也丧失了最后一点对丈夫的尊重和指望，夹杂着绝望的希望让她穿上了男装，"她……嘴里还叼着一根香烟。有一天她走下燕子号班车，穿了一件男式紧身背心，结果，本来不信闲言碎语的人，也不得不信了"。时至今日，女穿男装或者男性打扮，都是对女性身份和社会舆论的公开对抗。但包法利夫人不是安娜·卡列尼娜，她并没有挑战和对抗的自觉，她身上带着尖锐的厌烦、混沌的渴望，对现实的不满则落实在更为庸俗的领域：生活不够多彩，没有混进浮华圈，钱不够花，丈夫混得不好也没有混好的迹象。她渴望得到的，恰恰是安娜·卡列尼娜拼了命想摆脱的。安娜·卡列尼娜明确地知道自己要什么，包法利夫人只稀里糊涂地知道自己不想要什么。这截然不同的立场，使得安娜·卡列尼娜获得了广泛的同情与认可，而包法利夫人时至今日仍旧被当做惩戒来解读，将同情心迫降在她身上还颇费思量。但是，即便福楼拜非常克制，却仍旧在行文之中赋予了爱玛一种她自己都未必意识到的品德，那就是模糊的生命意识和对美的渴望，最具代表性的就是无处不在的蓝色，福楼拜写了一个蓝幽幽的爱玛。

爱玛在《包法利夫人》书中第一次出现，是被装在一封盖了蓝色火漆的信封里。她的爸爸摔断了腿，送来这封信请包法利医生去贝尔托庄园诊治。她在书中第一次正式登场，是通过包法利医生的眼睛："一个年轻女子，穿着镶了三道花边的蓝色丝绒长袍，来到门口迎接包法利先生。"等到夏尔的妻子失去，他再次见到爱玛，那是下午三点，一切都安静，福楼拜写道："从烟囱下来的亮光，照在炉里的煤烟上，看起来毛绒绒的，冷却的灰烬也变成浅蓝色的了。"爱玛就这么坐在浅蓝色午后的阳光里，进行了一次也是唯一一次可以被称为"恋爱"的谈话。婚前的爱玛漂亮、新鲜、脸颊像玫瑰，对人生充满幻想，生机勃勃的蓝色爱玛让泥泞枯索的贝尔托庄园至少显得生机勃勃。夏天来了，风从门下吹来，吹起石板上的微尘，母鸡在院子里咯咯啼。

婚后最初的时光，夏尔眼中的妻子是这样的："从近处看，她的眼睛显得更大……眼珠在阴影中是黑色的,在阳光下却变成了深蓝色。"乏味无聊的婚姻生活投下巨大的阴影,而沃比萨的宴会却是一道阳光,把她的日子照亮了,第一次离浮华生活这么近,她兴奋、紧张、内心涌起了无限斗志夹杂着怯懦,"紧贴两鬓的头发,到了耳朵边上,稍微有点蓬起,发出蓝色的光辉。"幻想的蓝色,不安的蓝色,充满欲念的蓝色,从内心和体态上都浮现出来。一夜尽欢各回各家后,无聊的蜘蛛在她内心结网,日子像死胡同一样漫长,唯一的出口是窗外。窗外摇手风琴的异人无比丑陋,但却掀开蓝色的呢料,在方寸之间呈现浮华的客厅里嘈杂的曲调、异域的奇情、狂乱的舞步,人和猴子在镜中的诡异神态,黑色礼物、玫瑰色投机、黄色浓痰、金色锡纸,光怪陆离的繁花舞步,让爱玛脑子里一片混乱。

沃比萨的宴会像是第一次偷情,爱玛等了九个月这位"情郎"却再不肯出现第二次,她病得不轻搬去了荣镇。到达荣镇的当晚就遇到了莱昂,这个乳臭未干的男人哪懂女人。但"被浮华圈子抛弃"的感觉不过是一个模糊的初体验,并没有直接的创伤,它引发的无非是更烦躁不安的心境,此时的爱玛"系了一条蓝缎小领带",和莱昂一见如故,谈话密不透风,谈到巴黎的演出,小说的名字,新式的舞蹈,整段对话真让人尴尬,然而两个人谈话的落脚点在哪里呢?依然是小镇的生活多么"无聊"。

莱昂和爱玛第一次独处，天蓝得出奇，房顶熠熠生辉，女贞树、蔷薇花、荨麻、树莓、生菜地、豌豆架、薰衣草、河里的灯芯草、荷叶、桂竹香、忍冬、铁线莲，福楼拜真是不吝笔墨把这一天写得心荡神摇，被伤感、热情和肉欲折磨的无处躲藏，爱玛奔向宗教的怀抱，渴望得到片刻安宁，"星期天做弥撒的时候，她一抬起头，就看见淡蓝色的香缭绕着圣母慈祥的面容"，淡蓝色的圣母没有拯救她，肮脏油腻、冥顽不灵的神父推开溺水者求救的双手，内心的平安如此难以企及，爱玛又被无名的欲念拖拽回不见血的挣扎之中。

上流宴会邀请她等不到，少年莱昂她得不到，抑郁从身体内部升起，购物成了宣泄的途径，莱昂远在青山外，可她依然能在购物清单加上一件"克什米尔蓝袍"。抑郁的、悔恨的、无法屈服也不肯安宁的蓝色爱玛最终遇到的是罗多夫。

相遇的当天是荣镇赶集的日子，集市上铁器铜器、母鸡公鸡、被褥鞋袜之间飘飘荡荡着的是蓝色丝带。罗多夫来了，三十四岁，脾气粗暴，眼光敏锐，和女人往来很多，对风流事了如指掌。罗多夫手拿蓝色的请帖，这是一张通往爱玛裙底的邀请。莱昂在荣镇的无聊苦闷是真的，而罗多夫这个情场老手口中的无聊苦闷却是为了迎合爱玛的情绪。谬托知己，是打开一切少妇心扉的万能钥匙，罗多夫的浪漫倾诉和展览会上猪羊鸡鸭大粪肥料像汉堡包一样一层夹一层，核心并不在于它有多难以下咽，而是爱玛有多饥饿。

第二次他们在森林里策马，罗多夫就要把生饭做熟了，爱玛长什么样子呢？"她蓝色透明的面纱，从她的骑士帽边沿一直斜坠下来，从后面看，她仿佛在天蓝色的水中游泳"——被幻想、渴望、欲念、不安、虚荣、阴郁和不甘笼罩着的爱玛终究有了一个出口，是堕落还是求救，怎么好铁口直断。

罗多夫抛弃她逃走时，坐着一辆蓝色的两轮马车。"爱玛发出一声喊叫，往后一仰，笔直的倒在地上。"豪华宴会再没消息时，爱玛的痛苦福楼拜写了三页，莱昂离开爱玛去卢昂时，福楼拜又写了三页；而到了罗多夫，这个爱玛第一个有过隐秘的皮肉之欢、倾吐过钟情、宣泄过热情、寄托过希望的男人，福楼拜只用了一个句子就把爱玛放倒了。倾心于幻想中的激情、寄托于小说中的浪漫、沉溺二手生活的爱玛被"现实"劈面一个耳光，结结实实"感受"到真实的力量。她不再能幻想她是别人，每一次不安的睡眠，每一滴眼泪，每一次钻心的羞辱和疼痛，都不是在书本中发生，除了摧毁和破坏它们不具备任何审美意义，这个从修道院时期就幻想奇情爱恨、异域激情、刻骨浪漫和忧郁痛感的文艺女青年，被一场无比俗套的婚外情干净利落的击倒了。

九死一生的爱玛在卢昂重逢莱昂，内心一片焦土，却依旧穿了一件滚了四道荷叶边的蓝色的缎子袍。在第一章里，青春的爱玛第一次登场，也是这么一身装束，只不过是滚了三道荷叶边，而这多出来那一道荷叶，透露的便是更多浮华与焦灼。男女之事，无非几个套路几个动作，过程如此老旧，我都替莱昂害臊：首先回忆往昔，当初多么热爱爱玛帽子上蓝色的小花；然后立足当下，"含情脉脉地抚摸她白色长腰带的蓝边"——爱玛那标志性的蓝色从通身的光芒，到眼睛、到发鬓、小领结一路下坠到腰带了。一把不大不小的牌摸够打够，上了听，他心花怒放，顾盼自雄，甚至第一次买了鲜花在手。爱玛来了，黑纱罩面。

接下来的是房倒屋塌的蓝色爱玛：勒合先生给她用蓝色的包装纸送来的花边，引诱她在高利贷的沙窝中越陷越深；系着蓝色领带的公证人在她借钱时讹诈她的肉体；走投无路她去向旧情人罗多夫求助，"她的模样令人看了心醉，眼睛里含着哆嗦的眼泪，好像蓝色的花萼里蕴藏着暴风雨遗留下来的水珠"，福楼拜到底还是爱她。而她得到的回答是："我没有钱，亲爱的夫人"——爱玛不是爱玛，成了"夫人"了。这真是当年看月亮叫人小甜甜，现在叫换作牛夫人了。爱玛最终的归宿是装着砒霜的蓝色玻璃瓶，吞下砒霜的急切像是吞下长生不死的灵药。爱玛想死，而且最终也死了。只不过死得非常具体，非常结实，非常漫长。宗教，孩子，丈夫，疼痛，折磨，往事一步步消散，意识一步步消散，她连死

已婚少妇的必死困局　017

都死得千难万难。终于，停尸房烧着香草，包法利先生最后看一眼她的尸体，"淡蓝色的滚滚烟雾，飘到窗口，就和窗外进来的雾气打成一片，消散了。"人死如灯灭，她所追求的安宁和解脱，没有讨论的价值了。

蓝色的爱玛死掉了，但是蓝色还在。丧礼上只有两个人穿着蓝色而非黑色，一是爱玛的爸爸，这个热情、和善、知礼并一生深爱妻子的好爸爸，从来没有做过任何亏心事；第二是公证人的佣人特奥多，他在爱玛最痛苦的时候依然以礼相待，非常亲切，并在爱玛死后带着爱玛最亲近的侍女远走他乡，罗多夫没有做到的事情，他做到了，爱玛没有离开的地方，她的侍女离开了。

福楼拜的青年时期是从浪漫派的氛围中成长起来的，青年时期的浪漫心性即便在这篇极度克制的小说里仍旧得以展现。浪漫派对蓝色的热衷显而易见，诺瓦利斯曾梦见一朵"蓝色花"，并以此为基点，建立了一个崇尚情感、渴望自由、神秘、朦胧的诗意王国，蓝色清爽、明朗，但又沉静、孤寂、毫无功利色彩，在这里，人类的理性并不具有最高的价值，个人情感、幻想、想象、内心宗教般的安宁祥和，都被赋予了更高的价值。包法利夫人是典型的假浪漫遭遇真现实，我们会嗤笑她的幻想是自我逃避，心智不全，是心比天高命比纸薄，会讪笑她不理性，活成一个大写的 NO 而始终找不到 YES 在哪里。她不够强大，经验缺乏，爱慕虚荣，不懂克制，不是个好母亲。可另一面，我们看到的是她始终不肯欺骗自己，不用性来换取金钱，始终在突围而不是逆来顺受。

福楼拜说：包法利夫人就是我！正是由于对爱玛最深层地理解他才能毫不遮掩地写尽她的粗俗、肤浅、虚荣和不堪，也正是由于最深的同情，他才把她写成一个蓝色的爱玛，一个充满幻想的——哪怕不切实际——拥有最原始冲动的、不肯自欺欺人、始终以自我情感为导向的女人。不爱丈夫不是错，一百字以内我就可以证明夏尔这样的男人是何等货色；爱上罗多夫也不是错，除了爱她还有什么出路；睡了莱昂是错，乱花钱是错，可人活着不是为了活得正确而是为了得到幸福。她的错还在"姿势难看"。她如果聪明点，走肾不走心，把对金钱的渴望和偷情相结合，这有多大难度？难道罗多夫一年没有一万五千法郎的收入？难道他没有一栋城堡？退一万步说，她的家产被罚没了，难道她就必须去死？夏尔不会责难他，情人们已经散去不会再纠缠她，大不了重头来过罢了。可是她不，她宁可死，她想死不是一天了，福楼拜也不让她活着，从文章一开始他就憋着劲儿要把她写死。

作家写小说，有些陈词滥调我相当不以为然。比如："吃鸡蛋就好，何必要看老母鸡。"恕我直言，我就没见过只搞蛋不搞鸡的文学研究者，不唯鸡，有时候甚至连鸡食鸡屎鸡棚和鸡的七大姑八大姨都是一并要搞的。从"现代科学"的角度来看，"作品与作家的必然相关性"无法得到定量、定性、同等前提下可再现的证明，任何超越作品本身的解读和研究在以语言学为依托的文本研究中被谨慎地摒弃。但被摒弃完全不代表正确或者明智，至多只能算谨慎的鸡贼或鸡贼的谨慎，否则福楼拜说"包法利夫人就是我"算是什么意思呢。

另外一种说法经常在创作谈里看见："角色脱离开我的掌控，自己开始行动了。"如果这是对一个无聊提问的敷衍回答，倒是情有可原。但要是当真在谈创作，我个人是相当怀疑的。牢牢把控作品，对人物或气氛有精准的控制这难道不是作家的本分？论处心积虑步步为营把人物写死的气概，《红楼梦》真是集大成：梦游太虚幻境，正册副册又副册，每一个人的生死运命作者都早有安排。眼见得林黛玉的眼泪一年少过一年，离死一步近似一步，她在每个书架的每一本《红楼梦》里的九十八回反复死掉，我们还是反复要哭。我们哭得不是林黛玉"居然"死了，都看到九十八回还没看出作者的心思？另有一个本在欧洲一纸风行、发行量极大、几乎人手一本的书叫《威尼斯之死》——对，作者就是那个写过《布登勃洛克一家》《魔山》，拿过诺贝尔文学奖的德国人托马斯·曼——这种剧透型书名真让喜欢悬念的读者无比气馁。这是一部完美的中篇小说，对情节和语言的控制都可以用"机关算尽"来描述。它讲了一个什么故事呢，一句话来说就是：作者如何把主人公带去威尼斯送死。福楼拜就是这么处心积虑把包法利夫人写死的。爱玛一生遇到四个男人：夏尔，子爵，罗多夫，莱昂，每个人都是死亡之路上的一块砖石。

爱玛和夏尔的相遇，起源于一场骨折，爱玛的爸爸摔断了腿，连夜将夏尔从托特请到贝尔托庄园来诊治。现场不算混乱，但爱玛还是不小心扎破了手指，她"就把手指放到嘴里，嘬了两口"。爱玛和夏尔的婚礼有种嘈杂的古怪，欢庆和幸福成了点缀，婚礼即将结束时，因为拒绝闹洞房加上没有吃好，一桌人开始"叽叽咕咕，隐隐约约诅咒这一家子没有好下场。"新婚的爱玛入驻新家，老屋的破败因为爱玛到底带上些光泽，可爱玛的眼光却落在了靠窗的书桌上的一把扎着白色缎带的花束，那是夏尔的前妻，那个已经死掉的女人结婚时带进这间屋子的，正像她现在一样。"爱玛坐在一把扶手椅里，带来的东西放在身边，却想到纸盒里的结婚礼花，一面出神，一面寻思：万一不幸她要是死了，花又会怎样处理呢？"但没等爱玛死掉，这束花就有了结局。生活的无聊，婚姻的无聊，接近过浮华生活又无法进入，大病一场之后夏尔决定搬家，搬家之前她收拾东西，突然又被这束结婚礼花扎了手。她将它丢入火中，"在灰烬中，它好像红色的荆棘，慢慢地消耗干净。她看着纸花燃烧……好像黑蝴蝶一样沿着地板飘起，最后从烟囱中飞了出去"。

爱玛和夏尔的相遇，从伤口开始，经历刺痛和焚化，死亡始终都投下浅浅的阴影。爱玛和他正式决裂是这位庸医截断了一个好人的腿，血腥，脓臭，嘶喊，铁片的束缚，不可逆的伤害，而他面对这种罪恶居然熟视无睹，以至于心安理得。夏尔的身份有种滑稽感：他的妻子死了丈夫，成为寡妇，嫁给了他；他死了妻子，成了鳏夫，娶了爱玛，按照道理他应当死掉，让爱玛成为寡妇好再嫁第二次，但这位好人就是不死，热烈地爱着美丽的爱玛，她死了他依然没死，直到发现爱玛早就不爱他了才猝然而逝。

爱玛的第一次外遇是子爵，虽然没有皮肉之欢，但却铺开了一条通往死亡的道路。沃比萨的宴会，那是乏味婚姻中的惊喜啊，城堡多么壮观，红男绿女，快马轻裘，好一片浮华热闹。但福楼拜给爱玛展现的这场宴会，进入的这座城堡真是毛骨悚然，他详细的描写了阴暗的护壁板上那些死去的油画人像如何紧盯她的双眼，餐厅雾气蒸腾之中，没有脱毛的鹌鹑和死掉的龙虾如何躺在盘中，上菜的仆役如何严肃的像主教，像法官，而铜柱上的雕像如何一动不动地看着满屋子的男男女女——浮华饭局更像是一场审判。满座宾客，福楼拜偏偏写了一个曾经与王后淫乱不休如今却如行尸走肉的濒死老者：汤汁从嘴角漏出来，满眼血丝，目盲耳聋，嘴唇耷拉。那位她至死不忘的子爵就在这样的背景里上场了："他们的腿，有时你夹着我，有时我夹着你，男方的眼睛往下看，女方的眼睛往上看，她忽然觉得头晕……她头往后一仰，靠在墙上。"平心而论，如果不说这是在跳舞也难保有别的理解——这冲动的但是极度类似濒死的体验。

第二个情夫罗多夫的出场就伴随强烈的血腥：仆人逞强要放血，一刀下去，血喷出来，溅到镜子上，仆人晕厥了，拿着盆子接血的大男人膝盖打哆嗦脸都白了——绷带、污血、混乱、晕厥、叫骂之中爱玛和罗多夫相遇了。罗多夫一眼看透了爱玛，"他一定很蠢，她对他肯定厌倦了……她渴望爱情就像砧板上的鲤鱼渴望水一样……不过事成之后，怎么摆脱她呢？"罗多夫不愧是老手，"我要把她搞到手！"他给自己加油打气喊号子，原文此处真的有感叹号——然后"一手杖把面前的土块敲了个粉碎。"最后，爱玛就像这小土块一样被他击碎了。设想爱玛第一次出轨没有交给罗多夫，而是给了彼时依旧十分纯情的莱昂，这死亡也许不会来得如此凄厉，至少不会来得如此狰狞，但福楼拜就是步步为营绞杀她。

罗多夫和包法利夫人的寻欢过程在旁观者看来真是啼笑皆非，最为人津津乐道的是农业展览会上的平行剪辑：虚假的缠绵情话和乏味的农业评比参差交叉，一唱一和，荒谬的悲凉不可断绝，但这悲凉之下死亡的暗影已经从背景里悄然浮现，棱棱角角峥嵘可见。罗多夫和爱玛从露天相见行至镇公所的二楼会议厅苟且，整个行程遇到三个人：第一个是放高利贷的勒合先生，他想拦下包法利夫人来张罗他的生意，但二人紧紧牵着手躲开了；第二个是评委会主席,想要拦住罗多夫谈政事,被罗多夫逃过了。但是她们没能躲过第三个人,"但是他们不得不分开一下,因为有个人抱着一大堆椅子从后面走来了……来人正是掘坟墓的勒斯蒂布杜瓦。"

爱玛在托特嫁给了医生,爱上了浮华宴会中影子一样的子爵,经历了她最初的幻灭。托特虽小,但是在福楼拜的笔下,镇子虽然鄙陋但自然风光很漂亮,人也无害,爱玛带着她的小狗在森林里散步时,夕阳投下的光影尚能令人心醉。可是荣镇则完全不同,此地只有一条街,街面上锡铁皮做的三角旗在教堂顶上吱嘎吱嘎旋转,教堂的木料开始腐烂,药房酒精瓶里泡着婴儿的尸体开始慢慢腐烂,客店门口的金色狮子也颜色褪尽看上去像一只疯狗,这条街上最大的店面是药房,治疗各种疾病,而街的尽头则是墓地。根据书中描写,荣镇发生过霍乱,死人一个压着一个,掘墓人正是教堂管事,为了捞好处他在墓地里种土豆吃,直到本堂神父都看不下去,对他吼道"你是在吃死人的肉呢!"可他全无所谓,这人就是勒斯蒂布杜瓦。

罗多夫和爱玛本来有机会避开彼此,荣镇最暗黑的角色甚至分开过二人,暗示和机会一一陈列,死亡的轮廓隐隐可辨,可爱玛还是一脚踏入被敲碎的运命之中。罗多夫对爱玛的伤害是致命的,废墟瓦砾之中的爱玛艰难地熬过冬天,而她再次见到罗多夫时死期就到了。

爱玛和莱昂的初遇正是在这毫无生气的荣镇，夜色四合，潮湿寒冷，爱玛唯一可以谈心的小狗宁可在半路跑丢也不来荣镇。莱昂第一次和爱玛独处是去保姆家看孩子的路上。"要到奶奶家去，就像去公墓一样，走出街后，要向左转。"两个人一路磕磕绊绊，酷热使人无力，花园墙顶砌着的玻璃碎片，铁线莲的纸条划过散面，跨不过的烂泥坑。但莱昂毕竟毫无杀伤力，寂寞少妇和纯情实习生的内心戏上演了几百回，福楼拜只这样写道："……莱昂还在朗读，爱玛一边听，一边无意识地转动灯罩，纱罩上画了几个坐车的丑角和拿着平衡木走钢丝的舞女"——再翻过一百二十页，我们就可以看到爱玛蜷缩在污浊拥挤的燕子号班车里，前往卢昂的小旅店里偷一些枯索乏味的情，在谎言、焦灼、高利贷、厌倦和别无他法之间进退维谷。

爱玛和莱昂的再次相遇就是死亡的盛大登场了。两人重逢于剧院，爱玛的戏剧性人格再次和演出产生了高度共鸣，可是这部歌剧讲的是什么呢？哥哥想把妹妹嫁给贵公子，于是告诉妹妹，她的心上人不爱她了，妹妹心如死灰嫁给了贵公子，但是新婚当夜心上人出现了，指责妹妹变心，妹妹疯了，贵公子被杀了，心上人自杀了。这是一部充满谎言、欺骗、阴谋、痛苦、分离、疯癫、血腥和死亡的歌剧，莱昂就在这高亢、疯癫、混乱、吵嚷的背景下登台了。还是老三篇：谬托知己，言过其实的情话，最后那些本来没有的感情就在空对空的述说中被创作出来了。激情正浓方好宽衣解带，和罗多夫的初体验是在森林，两人策马疾驰，那是爱情啊。面对莱昂那纯粹的肉欲爱玛选择了哪里呢？福楼拜选择了教堂。

莱昂顾盼自雄来到教堂，却遭遇一个奇特的角色，教堂的门卫。"在雕着莎乐美之舞的门楣下，他的头盔上插了一根翎毛，腰间挂着一柄长剑，手上拿着一根拄杖……像圣体盒一样光华灿烂"。在遭到拒绝之后，这位从天而降不知来历的人锲而不舍，到底还是带着莱昂和黑纱罩面的包法利夫人参观了教堂里埋葬的名目繁多的死人，他们的陵墓，他们的石碑，他们向善之心以及善行。包法利夫人面对堕落和诱惑时内心的挣扎与绝望，门卫圣徒般的谆谆劝诫和教诲，在莱昂看来就是耽误他的好事。他拽着她逃出门卫的视线。"至少也该到北门看看彩画玻璃！"门卫站在门口对他们喊道，"那里有《复活》《最后的审判》《乐园》《大卫王》，还有火焰地狱里《受罪的人》！"然而，最后的挽救也没能抵挡住那一句话"在巴黎都是这样！"包法利夫人和情夫乘坐的马车在卢昂城内漫无目的地游荡，车内只传来"往前走！""不要停！一直走！""怎么不走了呀！"的怒吼，所过之处真是一言难尽，快乐广场、麻风病院、教堂、医院、公墓，真是走遍人间的辛酸之处，无法停止、漫无目的又危在旦夕，福楼拜写道："这辆走个不停的马车，窗帘落下，关得比墓门更紧，车厢颠簸得像海船一样。"

紧接着下一行砒霜就出现了，致人死命的药剂甚至出现在两人纵情偷欢之前。与莱昂在一起的爱玛带着今朝有酒今朝醉的气质，仿佛死亡就要来临时的酒徒急于挥霍殆尽，写情书、花大钱、毫无遮掩的纵欲、情绪变化无常、债台高筑那就不去管它。很快镇魂歌就为她唱起来了：那个丑陋肮脏的瞎子跟着她的马车奔跑，唱道："天气热得小姑娘，做梦也在想情郎"。她使爱玛惊恐哀伤、心烦意乱、歌声夜色里飘散，她慢慢感到地狱般的寒冷。

不甘无聊、一生都在追寻更大的世界、浪漫多情的爱玛就这样一步步走完福楼拜给她铺排好的所有死亡隐喻，最终走到了死亡的面前。她死于绝望，死于心碎，死于羞辱和恐吓，死于自尊和对众人的厌恶，她死于高利贷，死于灼烧肠胃、呕吐、中毒、意识渐渐丧失，死得形销骨立，痛苦难捱，送殡的队伍仿佛当年送亲的队伍漫长而无聊，她生前无法摆脱又无能懦弱的丈夫剪掉了她的长发令她死相可怖，并在墓碑上刻下"不要惊动美人"这种蠢话，还替命运原谅了那个一仗击碎爱玛的罗多夫。而这个好人，这个世界不比女人裙子大的夏尔，一个彻头彻尾的庸人，却死在花园长廊下，六月天气，阳光正好，葡萄叶花下阴影，茉莉花散发香气，天空蔚蓝，百合花上鸟飞虫鸣，他就那么浪漫无比地死掉了，也死于心碎。

已婚少妇的必死困局

从爱玛第一眼看到夏尔，就注定只有死亡一个出口。福楼拜能不能救她呢？当然可以。他可以让夏尔死掉，给年轻貌美的寡妇重新选择的机会；他也可以让爱玛遇到热情、富有、专一的情人，两人私奔到巴黎；他甚至可以帮夏尔发现妻子的奸情，使爱玛一不做二不休离婚了事；可以让夏尔继承一位从未谋面的英国舅舅的遗产（像简·爱那样）一夜暴富。大可以引来革命、洪水、瘟疫，把个人的困境丢给时代动荡去淹没；小可以安排二胎、失忆或身世大起底变成豪门私生女这些情节——现代韩剧里的狗血情节都是十九世纪的作家们玩儿剩下的。但福楼拜不相信这些。他不相信生活的戏剧性，不相信颠簸起伏的情节，不相信一惊一乍的情绪，也不相信冲动和煽情。他相信生活自有原理：干燥、漫长、结实。

通观全书居然没有一个令人喜欢的人物，但这些人确实又无比真实，并且无所不在：包法利先生，这个可怜人，没有任何过错，但无论如何都无法引起人的片刻好感：木讷固然可以被描述为老实，无趣也可以被描述为冷静，呆板甚至可以被描述为稳定，但是文中两处描写让我都对他死了心：一是他的诊室里陈列着六十册厚的《医学字典》，原封不动，书的毛边居然都没裁开；二是家里订阅的《医生之家》他读不上五分钟就睡着了——这不是一个不解风情的理科男，这是一个对自己都无所用心的行尸走肉。

爱玛的两个情夫，并不是刻板印象中的所谓"负心汉"：小年轻莱昂对爱玛确实痴情一片，陪她散步，替她买花，甚至对她的女儿都非常用心，忐忑、痴情、心动、犹疑、少年心事阴晴不定，歌哭无端倒是字字真，在卢昂重逢后即便厌倦是必然的但也对爱玛保持了专一。从局外人的视角来看，罗多夫所做的不过也是一个情夫应该做的，即便分手信显得懦弱而庸俗，但还能指望他做什么，带着别人的老婆和女儿私奔吗？而且最重要的是，爱玛向他求助时，原文交代的清清楚楚："他确实没钱。要是他有钱的话，他当然会借的，虽然一般说来，借钱的人都不大方。"这不是一个玩弄完女性弃之不顾，吝啬到对方濒临绝境都不肯伸手相助的"混蛋"，这种道德指摘无法为自己辩护。真相仅仅是：爱玛对他们没有那么重要。罗多夫在给爱玛写分手信时，连她的样貌都想不起来了，虽然两个人在一起厮混了很久，而且还互相交换过小像，而莱昂是个连分手都没有勇气承认的懦弱者，除了避而不见他甚至连现身的勇气都没有。

爱玛是什么样的人呢？耽于幻想、爱慕虚荣、一厢情愿的天真。她喜好读书，但在书中她获取的并非对生活的洞察力，而是加固她幻想的热情题材，更加渴求"发不完的誓言，剪不断的呜咽，流不尽的泪，亲不完的吻，月下的小船，林中的夜莺"，恰如红楼梦中那著名的风月宝镜一般，阅读生涯并没有给她开启更为宽广的精神世界，其作用恰恰相反，是巩固了她不切实际的抒情症候。

她物欲蓬勃，每一次空虚无聊和幻想破灭之后，必然会出现的结果有二：病倒与购物。被大量物品包围看似替她疗治了伤口，填补了空虚，但物欲恰如情欲，本质上都在加速着真实生活的破产：三番五次将对激情生活的幻想托付与情欲，正像将对空虚的逃避托付于物欲一样，说到底也无法填满欲望这口无底洞，恋人怎么换依然避免无聊庸俗，花销越来越大债台也越筑越高，经济世界的破产正是精神世界的崩溃的先声。

因为缺乏见识，她对真实世界得不到正确的认知和感知：沃比萨的生活在她眼里仿佛镀了金，女人们都明艳照人，绅士们则全部典雅高尚，她们的吃穿、举止、一颦一笑对她都是完美生活的典范，这显然近乎于盲从，毕竟福楼拜对沃比萨的描述几乎每一页都充满着腐朽、衰老、糜烂的气息，那并不是出于阶级的自尊心或仇恨，而是生活的真相，那个曾在女王床上厮混过的男人老得连喝汤都会淋湿衣襟。她的眼睛经过富贵的熏染，看什么都走向不真实的两极：别人的生活幸福得像天堂，自己的日子绝望得像坟墓，所有跟自己有关的一切都倒了霉：夏尔粗鄙，女儿难看，自家太穷，婆婆刁钻，来往的人都庸俗，哪怕连情人也乏味的令人心生厌恶，连最爱她的爸爸她都觉得聒噪不堪，凡是和自己沾边的人和物她都不满意。

爱玛对自己也无法准确认知：她认为正是自己的多愁善感和

浪漫天性让自己如此与众不同，爱好高雅，品位独特，但正如福楼拜所揭示的那样，她沉醉其中的自我形象，不过是对浪漫小说中刻板印象的模仿和扮演，是另外一种形式的"庸俗"罢了。爱玛就是俗世生活中的堂·吉诃德，堂·吉诃德更为彻底举起长矛战风车，而爱玛则首鼠两端，在真实自我和角色扮演的自我之中无法调和：受伤害时心灰意懒愤恨所谓浪漫和爱情不过是文艺的夸张罢了，而面对空虚无聊时又无法克制这自我扮演带来的逃避和满足感。她感到与贫穷、粗鄙和庸俗的荣镇格格不入，而荣镇对她的所有印象，不过就是个有点姿色、不知检点、情绪不太稳定的冷淡女人罢了，别无更多。正是因为这样，罗多夫对她的抛弃产生了比应有的更为严重的破坏力（毕竟在这之前她就对他产生了鄙薄，也曾一度试图结束这种关系），崩塌的不是她的"爱情"，而是她的自尊心和自我幻觉，她无法接受自己和众多的"她们"其实并无区别，自己赖以为傲的深情、浪漫和高尚的"独特感"仅仅是自我幻想的形象，而自己在他人眼中根本不是这样。

但她和我们又有多大区别？今天的人——不单女人更包括男人——真是太容易理解爱玛了。大众媒体把浮华生活赤裸裸的摆在人眼睛里躲都躲不过：饭局、活动、发布会、升职宴、庆功宴，你仿佛参与其中却又永远不在其中，到处都是你挤不进去的圈子，连厌恶混圈子的人也结成圈子对你大门紧闭，到处都是你无法参与的生活，哪里都有不爱搭理你的人，总有一个时刻你会问出包法利夫人的问题:"我比他们又差在哪里?!"同时人人都觉得自己颇有胆色,应当过着"上流"生活。那么多从家乡奔向北上广的年轻人,每个人都有一颗蓝色的心脏,充溢着幻想、希冀、无尽的可能性,他们像奔向沃比萨宴会的爱玛一样心旌荡漾,完全看不到呼之欲出的暗影就在脚后跟匍匐;而那些有过经历、激情褪去、年华空逝的人望去皆是梦想的弃妇,微信里总有一两个名人的名片,总在某个场合和名人握过手吃过饭,平民社会的"名人"如此之多,接触方式如此之便捷,你会误以为你也身在其中,正如从沃比萨归来的爱玛"一经富贵熏染,再也不肯褪色"。可是日子始终是干燥的,梦想中的浮华生活比乱云还遥远,心中的怨怼、愤恨、羞耻和不甘甚至不敢发出声响,像爱玛一样猝然倒地,太阳照常升起,忧郁和希望交织的蓝色世界里除了紧抓住下一次,谁都别无选择;甚至我们的时代病都和爱玛一样:膨胀的物欲,每一个名牌,每一个限量版,每一个最新发售,每一个明星同款,每一笔交易,每一张期票,每一笔利息,每一个快递小哥都是我们的小确幸。年轻人要时尚,中年人要情怀,老年人要权贵,人人都有自己闪闪发光的"巴黎"。但与此同时人人也都有一个自己的夏尔:得不到的人,买不起的房,混不进的饭局,拿不下的项目,出不了的名,挣不来的钱,当不上的官,或者恰恰相反:抛不下的苟且,追求不到的诗和远方,忘不掉的屈辱,无法放弃的自我感觉良好,摆脱不了的恐惧,鼓不起的勇气——更要命的是年华如惊马奔逃,任你如花美眷也抵不过逝水流年,君不见外州客,长安道,一回来一回老。人人都是包法利夫人,读书本刷手机脑海里游遍塞北江南交游八方,但镜子里已经华发苍颜。砒霜我们没吞下去,梦想终究是叮叮当当地破产了,甚至连"我肯定会有一个梦想"的梦想都破碎了。

人人都是包法利夫人。她的悲剧无法归咎于任何外境:没有我们喜闻乐见的政治压抑,没有国破家亡,没有宏大叙事,没有对女性的压迫,没有包办婚姻,没有冷漠没有家暴,没有误会也没有阴差阳错,没有空降的厄运,没有骗财骗色——所有已有的文学分析法都无法在她身上成立。毫无来由的困局,无从摆脱的现实,无法归因的悲剧,你每走一步都是直线,但最终走出了缠住脖颈的绞索。你回溯来路到底是哪一步导致了今天的四面楚歌,但来路早就渺不可见。困住自己的到底是什么?狭隘?恐惧?胆怯?懦弱?缺点?虚荣?还是那颗永远不见底的空虚的欲望之心?那永远无法填满的欲望孔洞到底从何而来?是人之为人天生携带的缺陷吗?

包法利夫人有多复杂,她就有多典型。

福楼拜用专业的、干燥的笔触封存了一段十九世纪的生活片段,拒绝诗情,拒绝煽情,拒绝人为拔高,拒绝形而上,甚至都拒绝阐释,对比同时期的《巴黎圣母院》就能体会到福楼拜的美学追求，他清晰地描述了混沌的模糊，那复杂的人性，那种板结成块无法拆分的困境。《包法利夫人》当然不是在讲一名不知检点的妇人死于她不知检点的生活，它讲得是一个人面对无物之阵如何陷入无来由的困境并无从解脱。十八世纪的法国经过文艺复兴和启蒙运动已经跨入现代化，人成为目的，大量文学作品以婚恋为题材，因为只有在婚恋这个领域里人才能够最大程度摒除干扰，直接面对心灵进行选择，并在选择之中体会到自由，在这种自由之中尊严才能成为可能——爱玛本不必去死，但她有自己的几乎愚蠢的纯真，她用死捍卫了自己的纯真和在此之上的可怜的尊严。

《包法利夫人》是教科书般的文学榜样，它的精确，它的克制，它非凡的洞察力以及给予人世的理解和同情，都感人至深。福楼拜是好人，我喜欢他。爱玛死掉了但我们还活着。世界多凶险，女性当自强。

《傲慢与偏见》

PRIDE AND PREJUDICE

热闹中的干燥者

2

《傲慢与偏见》

热闹中的干燥者

伊丽莎白·贝内特在《傲慢与偏见》中有一个闺中密友，即是住在离朗伯恩不远的一户人家的女儿，名叫夏洛特·卢卡斯。这位女性非常有意思，在简·奥斯汀悉心编制的那么多条婚姻故事之中，她的婚姻是唯一一桩既不以爱情，也不以激情，更不以肉欲为基础的婚姻，而是出于并仅仅出于冷静务实的生存考虑。这样的婚姻当然并不稀奇，但有趣之处在于，这位卢卡斯小姐既不贪图富贵，也不愚蠢迟钝，也并非听天由命，相反，她是整本书里唯一一名称得上聪明的女人，远超过性格倔强的伊丽莎白和温柔和顺的简。

奥斯汀这样介绍夏洛特·卢卡斯："这对夫妇有好几个孩子，

老大是位聪明伶俐的小姐,年纪大约二十七岁,是伊丽莎白的密友。"伊丽莎白和姐姐简的感情很难说不是基于血亲关系,但她和夏洛特的友情倒是在很大程度上基于二者有基本相同的见识,甚至在夏洛特嫁给了曾向伊丽莎白求过婚的柯林斯之后,这种友情都没有中断。

关于达西先生的傲慢,每个人都做出了自己的分析:贝内特太太认为他"是个最讨厌、最可恶的人""叫人无法忍受",究其原因,无非伤害了她的自尊心;伊丽莎白对"但是还没有漂亮到能够打动我的心""受到别人冷落的小姐"这样的评价虽然一笑而过,但她对浪荡子威尔姆的轻信,以及对达西态度的突然转变,这其中的原因她自己倒也是不讳言:"假使他没有伤害我的自尊心,我会很容易原谅他的骄傲。"

达西的傲慢伤害了不少人,舞会上大家因为他的不苟言笑、不事交际感到愤慨,贝内特太太厌恶,朗太太愤慨,伊丽莎白赌气,简通过"他并不傲慢"这样的自欺欺人为之辩白,独独夏洛特的态度真实的令人叫绝:"他骄傲,不像一般人骄傲得让我气不过,因为他骄傲得情有可原。这么出色的一个小伙子,门第好,又有钱,具备种种优越条件,也难怪会自己以为了不起。依我说呀,他有权利骄傲。"

《傲慢与偏见》中不但充满了对"傲慢无礼"的批判，也充满了对"趋炎附势"的嘲弄，虽然二者指向不同的群体，但其目标却完全一致，那就是呼吁一种无差别的互相尊重，但吊诡的是，它一开始就将读者的代入感锁定在以伊丽莎白为代表的阶层：岌岌可危的小中产阶层。他们厌恶的不是"傲慢"，而是"对我傲慢"，他们要求的不是"尊重"，而是"尊重我"。贝内特太太甚至得不到自己先生的尊重，伊丽莎白在得到达西先生的喜爱之后迅速原谅了他的傲慢。他们对"傲慢"的批评在自尊心得到满足，即被这种"傲慢"接纳和承认之后迅速摆脱了对它的"偏见"，其速度之快令人瞠目结舌。托尔斯泰在《复活》当中塑造的聂赫留朵夫这个人物恰恰相反，贵为公爵的他越是被这个体系接纳和宠爱，越是感觉到这套体系的荒谬和凶残，因此也就越迫切的批判、摆脱并鄙视这种"傲慢"。

　　夏洛特是唯一不用自欺欺人来维护自尊的人，她的自尊心来源于诚实。她完全没被达西的傲慢所伤害，而且不觉得这有什么值得大惊小怪，不仅如此，贝内特太太虚情假意奉承她第一个得到宾利先生的跳舞邀请，后者既然看穿了前者的虚荣心，也就坦然作答："可他似乎更喜欢他的第二个舞伴"，也就是前者的大女儿简。在"是否受男人青睐"这件事上，她似乎没有什么好胜心，也不像书中几乎所有女性把自尊心捆绑在此事上。夏洛特以一种奇特的方式没有参赛，你说不清是缺乏参赛资格，还是对此完全没有兴趣。

热闹中的干燥者　　039

在奥斯汀的小说里，女人是被两把尺子衡量的：财产（出身）和相貌——这和今天毫无二致。奥斯汀虽然写夏洛特"聪明伶俐"，但夏洛特在这两个标尺之下的事实却通过一种奇特的方式被呈现出来。

伊丽莎白的母亲一心巴望有钱的宾利能娶走大女儿简，然而在全书第一场亮相舞会上，宾利先生第一个邀请的女伴是夏洛特，贝内特太太愤愤不平，对她的丈夫做了如下评论："我见他跟卢卡斯小姐跳舞，心里真不是滋味！不过宾利先生对她丝毫没有意思，其实，你也知道，谁也不会对她有意思。"鉴于夏洛特的母亲和贝内特太太也是朋友，这话说得就尤其恶毒。

但贝内特太太显然可以更加恶毒，简路遇大雨病倒在宾利府上，贝内特太太上门探望女儿，伊丽莎白、贝内特太太和宾利曾经有这么一段谈话：

"夏洛特在我们家里吃饭的吗？"

"没有，她硬要回家去。我猜想，她家里要她回去做馅饼。就我来说，宾利先生，我总是雇些能干的佣人。我的女儿就不是像他们那样养大……卢卡斯家的姑娘全是好姑娘。只可惜长得不漂亮！倒不是我认为夏洛特很难看，她毕竟是我们特别要好的朋友。"

"她看来是位很可爱的姑娘。"宾利说。

"是呀，可是你得承认，她的确长得很难看。卢卡斯太太本人也常这么说，羡慕我的简长得俊俏。"

贝内特太太对夏洛特的看法总结起来有三：一、夏洛特很难看；二、出于友情她不得不掩饰夏洛特的难看；三、夏洛特的亲妈卢卡斯太太认为夏洛特很难看；四、夏洛特在家被贱养。无论如何，夏洛特不算美貌这是肯定的。关于第四点，贝内特太太总会不失时机地多次强调。贝内特先生通知家里会有客来访，她这样回答："你指的是谁，亲爱的？我真不知道有谁要来，除非夏洛特·卢卡斯碰巧会来看看我们，我想我拿平常的饭菜招待她就够好的了。我不相信她在家里经常吃得这么好"。由此可知，夏洛特·卢卡斯出身并不好，父母拿不出多少钱给她陪嫁，这一点在柯林斯先生向她求婚后，得到了直接的描写："俩人迅即去找威廉爵士夫妇，请求他们应允，老两口乐滋滋地爽然答应了。他们这个女儿本来就没什么财产"。

夏洛特长相普通，家里没有什么财产，而且二十七岁了，在婚恋市场上——原谅我直接用这个词——她是没有竞争力的，但在《傲慢与偏见》中她完全不是用力过猛的丑女（如伊丽莎白的妹妹玛丽）或阴阳怪气的老处女，恰恰相反，她是一位聪慧的女性，她很早就看懂了婚恋这套把戏，也就缺乏热烈参与的兴趣，于是花最小的精力，最低的内耗，最少的戏份，解决了必须要解决的问题。

和伊丽莎白与简相比,夏洛特对男女之情更加敏锐,心态也因此更加平实。

伊丽莎白惊异于达西先生突然对她产生的关注,向夏洛特倾诉,夏洛特虽然只讳莫如深的回答"这个问题只有达西先生能够回答",但却怂恿伊丽莎白和达西主动谈天,并主动创造机会让伊丽莎白在达西先生面前展现她的才华和魅力。当伊丽莎白遭遇威克姆,被他的谣言所蛊惑,加深了对达西先生的偏见时,夏洛特倒是有种置身之外的明智和冷静,她说:"你将来一定会发现他很讨人喜欢的",当伊丽莎白固执于偏见,打算拒绝达西的跳舞邀请时,"夏洛特禁不住跟她咬了咬耳朵,告诫她别做傻瓜,别光顾迷恋威克姆,而得罪一个身价比他高十倍的人"。夏洛特显然已经先于伊丽莎白捕捉到达西先生的爱意,这种聪慧当然可以归因于旁观者清,或者归因于奥斯汀推动剧情的需要,然而在简和宾利先生的一对情缘之中,夏洛特不参与二者的钟情、互动、冲突或者结局,但在小说开头,伊丽莎白向她谈到简钟情于宾利,但又竭力隐瞒这种情感以保持自尊时,夏洛特有一番很真实的论断:

"这件事要能瞒过众人也许挺有意思,但是,这样遮遮掩掩的有时也划不来。要是一个女人采用这样的技巧向心上人隐瞒了自己的爱慕之情,那就可能没机会博得他的欢心。这样一来,即使她自以为同样瞒过了所有人,也没什么好欣慰了。男女恋爱大都含有感恩图报和爱慕虚荣的成分,因此听其自然是不保险的。开头可能都很随便——略有点好感本是很自然的事情。但是很少有人能在没有受到对方鼓励的情况下,而敢于倾心相爱。十有八九,女人流露出来的情意,还得比心理感受的多一些。毫无疑问,宾利喜欢你姐姐,可是你姐姐不帮他一把,他也许充其量只是喜欢喜欢他而已……别忘了,他可不像你那样了解简的性情。"

这一段论述,真是把男女恋爱那点套路提纲挈领地概括尽了。人人都爱当戏精,"真爱"之"真"既不可检测、不能防伪,索性就将以折腾为主要体现形式的戏剧性等同于"刻骨铭心",再把这自导自演的"刻骨铭心"四舍五入约等于"真爱"来满足那颗大张血口的欲念之心——女人之所以爱"作"也不外如是。可夏洛特早看清楚了,男女之爱的所谓缘分和美感大多数不过是技术操作而已,你们太爱演内心戏,恐怕只会坏事。

这一套说辞固然直接的令人难堪,但也诚实的让人服气:宾利果然因为没有得到简明确的鼓励而半路作罢(达西先生的阻挠也是基于这一原因),二者的破镜重圆也是人为操作的结果,奥斯汀甚至不厌其烦地详细描写了贝内特太太为了促成求婚而无所不用其极——这使得有情人终成眷属无限类似猎物落网。这让我非常疑心简·奥斯汀把自己藏在夏洛特背后摆弄着这些世间男女，乐趣可能也有，但肯定谈不上热爱，因为奥斯汀一转头就把夏洛特打发给全书最猥琐的柯林斯先生了。

夏洛特嫁给柯林斯先生，和薛宝钗嫁给贾宝玉是同一个思路。夏洛特知道柯林斯并不爱她，正如薛宝钗知道贾宝玉不爱自己，夏洛特不喜欢柯林斯，贾宝玉不求仕途经济是个无用之人，薛宝钗又何曾看得上贾宝玉。夏洛特和薛宝钗一样都有天性里的那点冷，对人世没有热烈的情感，对世人也没强烈的排异反应，二人都知道"好风凭借力送我上青云"可遇不可求，对于自己的命运都绝不做多余的奢想，"她并不大看重男人和婚姻生活，但是嫁人确是她的一贯目标：对已受过良好教育但却没有多少财产的青年女子来说，嫁人是唯一一条体面的退路。尽管出嫁不一定使人幸福，但总归是女人最适宜的保险箱，能确保她们不致挨冻受饥。"夏洛特有着恰当的理解力和洞察力，很容易理解自己的处境，万幸还有很好的情感力将生活的重心放在过好自己的日子上。

夏洛特的婚姻里是不包括爱情的，在伊丽莎白的婚姻观中，这不但难以理解，而且不道德，以至于在得知夏洛特同柯林斯结婚的消息时，她的反应非常激烈："她一向觉得，夏洛特的婚姻观与她的不尽一致，但却不曾料到，一旦事到临头，她居然会摒弃美好的情感,而去追求世俗的利益。夏洛特当上柯林斯太太,这岂不是天下的奇耻大辱,她不仅为朋友的自取其辱、自贬身价而感到沉痛,而且还忧伤的断定,她的朋友做出的这个决定,决不会给她带来多大的幸福。"

但事实证明夏洛特居然过得相当不错,她有一种特殊的能力,几乎能够完全不受他人的影响来安排自己的生活:遇到丈夫说了什么蠢话"夏洛特一般总是明智地装作没听见",她成功的培养丈夫在园艺上多花时间以便少来打搅自己,她动手安排颇大的住宅,既能使家人都感到舒适惬意,又能避免不必要的共处。这种不受人干扰,不把喜乐交于他人的能力,使得伊丽莎白"真不明白她和这样一个伴侣相处,居然还会这么高兴","伊丽莎白见夏洛特那样得意洋洋,便心想她一定经常不把柯林斯先生放在心上。"

但夏洛特早在遇到柯林斯求婚之前就有明确的认识:"婚姻幸福完全是个运气问题。双方的脾气即使彼此非常熟悉,或者非常类似,也不会给双方增添丝毫的幸福。他们的脾气总是越来越不对劲,后来就引起了烦恼。你既然要和一个人过一辈子,最好尽量少了解他的缺点。"夏洛特的口气更像是经历了几十年婚姻生活而得到的智慧,她更加看重的是自己的节奏和生活:娘家因为她攀了高枝喜形于色,她自己倒冷静的很;贝内特太太因为她抢了自己女儿的求婚者对她指天骂地，她并不放在心上；伊丽莎白因为她并非因爱情而结婚而指责她"不懂爱情""毫无见识""头脑不健全"，并决意与她疏远，她也能以不变应万变，始终以友相待，不但在婚前为之排忧解难、出谋划策、结婚后更不避嫌疑邀请伊丽莎白来家小住，并在伊丽莎白和达西成婚后感到由衷的快乐，即使面对丈夫唯马首是瞻的那位蛮横的凯瑟琳夫人，她也能够应对自如——总之，这是一个相当冷静"干燥"但却不乏情义的女性。

说实话，《傲慢与偏见》是一本过分热闹的小说：五个女儿的婚嫁，友人阻挠，情敌作梗，兄弟龃龉，拐带幼女，恶人挑拨，长辈阻挠，门第隔阂，财产算计，姑嫂冲突，闺蜜反目，傲慢的求婚，过于刻意的偶然，过于讥诮的对话——影视剧喜欢改编奥斯汀的小说不是没道理的，它们确实具备了相当的戏剧性。在整本书里，人人都是戏精，太傲慢的，有偏见的，受人摆布的，被人蒙蔽的，背后助人的、面前斗嘴的，拼命求嫁的，暗中使坏的，明里逞强的，邻居女人间你压我一头我踩你一脚，男人一出场就自带资产负债表，颜控的，钱控的，被侮辱的，要报复的，搅屎棍，老好人，闹哄哄的你方唱罢我登场——只有这个夏洛特拒绝了任何戏剧性的情绪，早早认清了婚姻和男女的本质，衡量了自己的现实条件，秉承一种"干燥"的态度，经营一段舒适的人生，温度很低，起伏很小，恒定地以一种朴素到干燥的姿态过日子。这样的人出现在奥斯汀的小说里特别扎眼，也特别有现代感。如果她生活在现代，大概就是身边一位相貌普通、事业有成、不爱八卦、颇有几位知己的女性不婚族。

《贵族之家》

A Nest of Gentlefolk

评断的能力

3

《贵族之家》

评断的能力

玛尔法·季莫菲耶夫娜·佩斯托娃是《贵族之家》里最令人喜爱（或者说是唯一令人喜爱）的女性角色，甚至超越了女主角，那个清纯、虔诚、钟情的莉莎。

她一出场就七十岁了，但屠格涅夫描绘她：满头乌发，眼神灵活，说话快、清晰、响亮，走路总是挺直身板。而作为她的侄女，本书的另一个重要角色贵族妇人玛丽娅·德米特里耶夫娜·卡利京娜，年方五十却显得"有些发胖，也显得有些臃肿了"。她们姑侄俩像双生一般，开篇即是二人共同坐在窗前，等待各色人等次第登场，最终二人先后死去并排埋在城市的一处墓地里。

玛尔法·季莫菲耶夫娜·佩斯托娃仿佛是作为玛丽娅·德米特里耶夫娜·卡利京娜的反面被屠格涅夫精心放置在她身边的，像是一条影子：玛丽娅是寡居的妇女，玛尔法是未出阁的老姑娘；玛丽娅自私任性，玛尔法善良宽厚；玛丽娅昏聩，玛尔法明智。二人代表着完全不同的价值观：所有庸俗、虚伪之辈几乎立刻就能赢得玛丽娅·德米特里耶夫娜·卡利京娜的喜爱和亲近，比如绣花枕头公子哥弗拉基米尔·尼古拉伊奇·潘申、谣言制造者和传播者谢尔盖·彼得洛维奇·格杰昂诺夫斯基、沉迷风月的瓦尔瓦拉·帕夫洛芙娜；而纯良、真挚和失意之人则会得到玛尔法·季莫菲耶夫娜·佩斯托娃的同情和帮助，她护佑悲惨的使女玛兰尼娅·谢尔盖耶夫娜，教她读书写字，她格外喜爱失意者拉弗列茨基·费奥多尔·伊万内奇，对一生籍籍无名的德国作曲家赫里斯托福尔·泰奥多尔·戈特利普·列姆也青眼有加——哪怕她未必真心懂得他的艺术才华，玛莉娅的大女儿莉莎也与这位别人眼中的怪老太婆更加亲密。于是在这部篇幅不大的《贵族之家》没落剧之中，不多的几位人物就这样根据秉性选择了不同的阵营，站在玛丽娅·德米特里耶夫娜·卡利京娜这一边的，都是善于钻营、懂得为自己打算的庸碌之辈，但他们拥有庸俗无聊却衣食无忧的结局；而站在玛尔法·季莫菲耶夫娜·佩斯托娃这一侧质朴真挚的人，却或被折磨而死，出家，或被骗身亡，或晚景寂寥。

玛尔法·季莫菲耶夫娜·佩斯托娃拥有一种罕见的能力，那就是评断。屠格涅夫赋予了她敏锐的天性和坚定的品格。敏锐让她能够准确地感受必须评断的对象，说她是天性而非能力，是因为至少在屠格涅夫的描述当中，看不到任何迹象表明这种敏锐源自知识、教育、理智或者任何知识分子式的经验。而坚定的品格，则保证了她具有实际的行动力。

她是一名出生于乡村的贵族小姐，一生未婚，哥哥死后受到侄子的虐待，侄子死后和侄女相依为命，侄女出嫁后因为不喜欢浅薄的侄女婿，"她就躲回自己的小村子里，在一个庄稼人的没有烟囱的农舍里度过了整整十年"，侄女婿死后她和侄女搬到同一栋屋檐下，侄女死后不久她也死掉了。她教命苦的使女玛兰尼娅写字这个情节表明她能写能读，除此之外，她的一生与文化知识毫不相干，平日里做的，无非打毛线，料理家务，管教两个侄孙女（另有家庭教师帮忙），再就是和她收养的猫、狗、孩子和妇女在一起打牌消遣。可她具有天生的好恶，这种好恶纯粹来源于直觉而非理智，她的判断来源与经验而非知识。即便拉弗列茨基笨拙、不讨人喜欢、因为妻子的放浪而名誉受损，即便潘申是一名活泼、老练、俊美、得体的青年，玛尔法依然凭借善良的天性捕捉到后者身上那令人生厌的浮浪气质，因此更青睐百无一用的前者。

玛尔法·季莫菲耶夫娜·佩斯托娃不是有善恶标准但却只敢

腹诽的女性，她知行合一，敢于付诸行动。屠格涅夫在开篇这样描写她的性格："她是个出名的怪人，性格独立不羁，不管对谁都是当面实话实说，尽管财产少得可怜，举止态度却好像拥有万贯家财似的。"怎么个"当面实话实说"呢？

《贵族之家》最早登台的是谣言散播者谢尔盖·彼得洛维奇·格杰昂诺夫斯基，他"高个子，穿着整洁的常礼服……文雅端庄的面容……显得彬彬有礼，十分得体"，玛尔法对他搬弄是非、造谣传谣十分厌恶，尽管知道他正在像侄女大献殷勤，依旧直言不讳的评价他："看上去倒挺谦逊，头发全都白了，可是一开口，不是说谎，就是搬弄是非！"而且她还当着面讽刺挖苦这位造谣的马屁精，当他一进门开始搬弄是非，谈起因妻子行为不端蒙受耻辱的拉弗列茨基回乡一事时，他和玛尔法有这样一段谈话：

玛尔法："得了吧，您不是撒谎吧？"
谢尔盖："绝不是撒谎，我亲眼看到他了。"
玛尔法："哼，这还不能算是证据呢！"
谢尔盖："这么好看的围巾是给谁织的呀？"
玛尔法："给那个从来不造谣，不要滑头，也不撒谎的人织的。您爱说谁的坏话就说谁的坏话吧，哪怕说我也行，我这就走，不碍你的事儿了。"

她讽刺玛莉娅的苟且和糊涂，甘愿领受谢尔盖·彼得洛维奇·格杰昂诺夫斯基这种无聊人的殷勤，于是直接指出她年高应该自重："我的妈呀，你这是什么呀，好像是根白头发吧？"；她担心侍女玛兰尼娅受夫家众人的欺负，亲自护送她回去并和刻薄凶恶、抢走玛兰尼娅孩子的格拉菲拉"一天之内吵了三架"；她赞赏拉弗列茨基敢于回击潘申那套老生常谈、毫无新意又充满讹误的高谈阔论，"你把那个卖弄聪明的家伙痛骂了一顿，谢谢！"；虔诚的莉莎拒绝了浮浪公子潘申的求婚，玛尔法赞赏道："你打发走了潘申，让他两手空空，什么也没捞到，这件事你做得好，你真行。"对诈死而复生的放荡贵妇瓦尔瓦拉·帕夫洛芙娜，玛尔法的评价是"一个轻浮的女人"，她的态度是"十分冷淡，看也不看她一眼，只用一言半语含糊不清地回答她的恭维话。"

但她并不允许自己沦为因生命将尽，于是卸下道德重担因此专逗口舌之快的"毒嘴"老妇，对生活中那些油滑庸碌之辈她的态度如果堪称"恶竹应须斩万竿"的话，"新恨很不高千尺"就是她对善良醇厚之人的标准。

拉弗列茨基的妻子浮浪放荡，令他情感受到重创，黯然回乡，面对众人的讪笑和蔑视，她极力捍卫他的权利和尊严："这是什么话？一个人回到了家乡——请问，叫他躲哪儿去？何况他有什么过错！""他唯一的过错就是惯坏了老婆。"拉弗列茨基回到

评断的能力　053

故乡，等待他的是满城的流言蜚语和背后的讪笑，唯一真正给温暖怀抱的就只是这个当年救助了他命运悲惨的侍女母亲，为她接生，替她吵架的老太太："可是你回来了，真是个好孩子。怎么样，我亲爱的——你们招待他吃点什么了吗？"她拥抱他，亲吻他，给他好吃的，这不就是回家么？而众人散去后的一个场景，堪称整部《贵族之家》最动人的画面之一，在我看来，莉莎和拉弗列茨基在花园长凳上的一吻，以及拉弗列茨基去修道院探看莉莎时她微微颤动的眼睫毛，都不及这一幕来得深沉动人：

> "就在那天晚上十一点钟……在玛尔法·季莫菲耶芙娜屋里，在已经褪色的古老神像前挂着的油灯灯光底下，拉夫烈茨基坐在一把扶手椅里，胳膊肘撑在膝盖上，用双手托着自己的脸，老太婆站在他面前，有时默默地抚摩着他的头发。与女主人告辞以后，他在老太婆这里待了一个多钟头；他几乎什么话也没对自己这位好心肠的老表姑说，她也没有详细地问长问短……而且有什么好说，有什么好问的呢？就是不说，她也什么都明白，就是不问，对他心里的一切痛苦，她也是满怀同情的。"

拉弗列茨基的痛苦难以言喻，玛尔法的理解和同情无须言传，沉默能表达一切。痛苦之所以痛苦，很大程度是不为人知，或不为人理解，拉弗列茨基回到家乡，需要的是了解、抚慰和休息，而真正能给他安宁的除了玛尔法，就是乡间那所老房子了。要穿过乳白色的雾气、宽阔模糊的乌云，穿过长满蒿草、苦艾和野菊的田埂，穿过稀疏的白桦林和乌鸦、白嘴鸦的鸣叫，才能到达那所破旧却永远不会坍塌似的旧宅，它拥有叶卡捷琳娜时代的沙发、滴了蜡的地毯、朽坏的神龛、落满灰尘的花环等等一切朽坏的印记，但同时拥有蓬蓬勃勃长满牛蒡、醋栗、悬钩子的花园，以及枝干粗大、一百年没有修剪过的老椴树。这所旧宅和玛尔法都有一种俄罗斯土地的气息，饱含生生不灭的、静默的希望和力量。

莉莎是一名虔敬的、全身心信仰上帝的纯洁少女，她面临的情况是爱上一名深爱着她的鳏夫，而这位鳏夫的浮浪亡妻居然死而复生，带着一名身世可疑的女儿回来寻求丈夫的庇护。她的虔敬使她陷入道德困境中去了：上帝不允许离婚，因此拉弗列茨基应当继续和瓦尔瓦拉保持婚姻关系；上帝主张宽恕，因此拉弗列茨基应当宽恕妻子；上帝不允许拆散人间的婚约，因此她应当退出这段关系，三个"应当"如何抵挡一个事实呢，她确实感到了对拉弗列茨基的爱情。她很痛苦，但她的亲生母亲玛丽娅·德米特里耶夫娜·卡利京娜却对此毫无知觉，全部精力都在牌局和毫无意义的闲谈之中，真正关心并理解她的还是玛尔法·季莫菲耶夫娜·佩斯托娃。

玛尔法不喜欢莉莎的保姆，那个前半生放荡、在孩子全部死掉之后突然陷入沉默、全心侍奉上帝、最终离家朝圣再未归来的女人。她认为这个有着戏剧性人生的保姆给莉莎带来的影响太极端，玛尔法"尽管从来不限制莉莎去做什么，可是也尽力设法抑制她的热情。不让她过多地磕头跪拜，说这不是贵族小姐的作风。"在得知莉莎和拉弗列茨基曾在花园私会时，她对莉莎非常严厉："在我们年轻的时候，姑娘们做出这样的事，可是会吃苦头的……今天我还吩咐过，不许他进门。我喜欢他，但是为了这件事我永远也不会宽恕他。"但拉弗列茨基的妻子突然复活并上门拜访，莉莎遭遇强烈情感刺激，却不得不保持自尊勉力支撑，夜晚莉莎回到楼上立刻瘫倒，玛尔法却相当温厚，"好长时间默默地看着她，轻轻地跪到她面前——仍旧那样一言不发，一只一只地轮流吻她的手。"老太太表达了她对自己曾那么严厉的懊悔和对莉莎目前痛苦的同情，"默默无言的泪水"从她眼里淌下来。

玛尔法的通人情，懂人心，还体现在一个小小的动作上。拉弗列茨基的"亡妻"突然出现，莉莎决心不再和他见面，而他认为必须要再见一面。这时候，玛尔法因为一个"鳏夫"私会侄孙女大动肝火不惜搬出贵族礼法的老太太，却将人的情感放在首位，蔑视男女大防，主动撮合了一名"有妇之夫"和侄孙女在室内的私会，"玛尔法·季莫菲耶夫娜皱着眉头朝拉弗列茨基看了一眼，就出去了。她本来是房门敞着的，可是又突然回来，把门关上了。"

在莉莎万念俱灰决定出家时，也是玛尔法不辞日夜地陪伴开导——玛丽娅·德米特里耶夫娜·卡利京娜，莉莎的亲妈，倒像是蒸发了似的完全没有作为，这也不奇怪，对于这位贵妇人如何对待自己的女儿，屠格涅夫有一段简洁的描述："玛丽娅·德米特里耶夫娜为莉莎操心，其实比丈夫也多不了多少，尽管她在拉弗列茨基面前夸口说，是她独自一个人教育自己的孩子们：她把莉莎打扮得像个洋娃娃，在客人面前抚摸她的小脑袋，当面管她叫乖孩子和心肝儿——仅此而已：各种需要经常操心的事都让这个懒散的贵妇人感到厌倦。"

屠格涅夫说玛尔法·季莫菲耶夫娜·佩斯托娃"性格独立不羁"，确实如此。她待人不分贵贱，只分善恶，她的蔑视权贵、厌弃庸俗、珍视感情直接诉诸行动。她的准则不是任何礼法而是自己的心，这使得这位老太太非常令人敬佩。她对生命很珍视，收留流浪猫狗，收养孤儿，接纳了无处可去的女人给她提供食宿。得知拉弗列茨基要回乡，玛尔法特别嘱咐他，去给他苦命的母亲和善良的奶奶上坟行礼，但对残忍的爷爷和薄情的父亲却只字不提——显然，她不认为死亡就能抹平爷爷和父亲生前的罪孽。更重要的是，对于上坟她是这么解释的："你在那里，在外国，学到了各种各样的学问，变聪明了，可是谁知道呢，也许她们在坟墓里也会感觉到，你回来看她们了。"上坟对于她而言，不是流于形式的不得不行的"礼法"，可能在读了书长了见识的年轻人眼中未免迷信，但对她而言却很朴素，仅仅是"回来看她们"——人性的敦厚也莫过于此了。对于折磨过拉弗列茨基的母亲却又全心把他养大的格拉芙拉·彼得罗夫娜，玛尔法的做法是，自己出钱，请拉弗列茨基去给她做一场法事追荐一番："她活着的时候，我不喜欢她。可她是个性格刚强的姑娘，这没什么好说的。是个聪明人，也没委屈过你。"

这种善恶分明的人物，只有古典小说时代才能看得到，现代小说作者则倾向于更隐秘的表达。在读者当中，由于复杂的原因，"评断"成为了一种可疑的能力：美德不再成为公共品德而具有不言而喻的合法性，它更多成为一种内在的标准，而这个标准由于现代化的进程似乎暧昧不清了，美德的最大公约数很难求出，上帝消失了，它的法则不再成为人间的律令，每个人都为自己立法。然而暧昧不清也随之产生：宽容和无原则难道不是同一事？美德是否应当求诸自己而非强求他人？勇气是否意味着刻薄？人是否有权利应该评断他人？今天这些问题在屠格涅夫的文学世界里完全不成为一个问题，不单是他，包括文豪托尔斯泰的作品，尤其是晚年的作品，都有一种令人难以置信的天真和简单，很难相信托尔斯泰就那么说出来了："这，是错的。""这，是罪恶。"而事实往往就那么简单。我们习惯了在用语言把它们来回咀嚼盘绕分析解释，仿佛那都是些高深的重大话题，任何随意的评断都只能流露出我们的鲁莽和无知，但托尔斯泰就那么说出来。我们会辩解说他敢这么说，是因为他是文豪，却假装忽略另一条显而易见的思路：是不是正因为他敢于这么简单，所以足以被称为文豪。

《老妇还乡》

THE VISIT

报复的方式

4

《老妇还乡》

报复的方式

复仇主题的故事我很爱看，因为这种故事中总有强烈的戏剧冲突、复杂的人物性格、艰难以至于成为不可能的道德评判，而且一般这样的故事总是与魔法、暴力、色情、权力、金钱、命运和纯真相关联，几乎囊括了人生所有的重大主题，很符合我们戏精的口味。再说，体验多了现当代文学里的冷静、克制、干燥的气氛，不受现代文明束缚的希腊式复仇故事就成了宣泄口，好比天天都吃人畜无害、长命百岁的日料，嘴里简直淡出鸟来，必须三五不时的去路边摊吃一下脏串，否则老觉得人生哪里出错了，多余的破坏力在身体里蕴蓄，老觉得不和谐。

和我一样爱看复仇故事的肯定也是多数，以至于复仇已经成为文学的一个重要母题。每一个民族每一代的文学几乎都有这样的主题：《哈姆雷特》的中文译名曾经一度就叫《王子复仇记》；《基督山伯爵》（在台湾地区叫《基督山恩仇录》）的故事梗概我妈妈曾经给我讲过，构陷、夺爱、冤狱、宝藏、复仇一个环节都没少，真是动人心魄。武侠小说里复仇更是基本配备，大侠们如果不背负点血海深仇简直没法出来行走江湖：郭靖身负靖康之耻的国仇，完颜洪烈和段天德二人代表的是国仇和家恨，一个盖世大侠就具备了他的成名的基本要素，而且武侠的世界里最喜闻乐见的就是冤冤相报，杨过的仇人是郭靖夫妇；张无忌的父母被六大门派活活逼死，具象化的仇恨凝结到成昆身上；袁承志的仇人是崇祯皇帝，等他半路死掉，仇恨又延续到皇太极身上去了；康敏的仇人是乔峰，这是典型的莎乐美"不爱我就是仇"的模式。《水浒传》中天罡地煞星鲜有没有仇人的，手刃仇家是一个人的基本"道德"，八十万禁军教头林冲杀了陆虞后非要剖开肚肠把心肝提在手上才解恨，武松的暴虐即便搁在一群流氓之中仍旧触目惊心，血溅鸳鸯楼把刀都砍卷刃了；《红楼梦》儿女们报恩的多报仇的少，但是这恩仇之间有时候难分彼此，爱深了便成仇，最沉痛哀婉的莫过于尤三姐，横剑赴死断了柳湘莲的尘缘；《西游记》里那就更多了，师徒四人沿途解救那么多神仙妖怪有不少都是蒙受了不白之冤；《三国演义》简直算得上大型复仇现场，刘备的生存模式即是光复汉室，人物臧否的标准也是基于这个角度；《聊斋志异》中的复仇故事更不胜枚举，在泛神论的世界里，伤生害命，哪怕侮辱、伤害一株花草都要受到惩罚，花妖狐仙登门造访的后果可不全是财色兼收，也许是来复仇，而人类受到伤害也是有仇必报，《侠女》《商三官》的复仇对象尚是人类，在《席方平》中的复仇对象甚至包含了九殿阎罗王和所有阴司的办公人员。

　　复仇的前提是被侮辱与被损害，《老妇还乡》的前史也照例是一个悲剧故事：在一个叫居伦的小镇，少女克莱尔爱上了青年伊尔并怀上了他的孩子，而伊尔则移情别恋娶了比较有钱的杂货店主的女儿。克莱尔不甘受辱将伊尔告上法庭，伊尔买通两位假证人诬陷克莱尔为淫奔女，克莱尔被迫离开家乡沦为妓女。而故事的开头是多年后克莱尔富可敌国，带着十亿元、一只黑豹和一副棺材，浩浩荡荡回到穷困不堪的故乡，开始她的复仇计划。说是计划未免太用力过猛，她的方式特别简单明了：你们给我伊尔的尸体，我给你们十个亿。这种强设定就像生死游戏，她像上帝一般设置好了程序，按个启动键，就抄起手冷眼旁观，看居伦城的蚁民如何徒劳地忙碌挣扎妥协反省，却仍旧一步步走向她规定好的结局。她得到了尸体，送给了满城杀人犯十个亿的报酬然后抬棺离去。

　　古代中国是宗法社会，又长期以儒教立国，自身、亲人或者小共同体的成员被侵害，是一定要复仇的——自己复仇、侠客复仇、家臣复仇、甚至鬼怪复仇——在道德上具有天然合法性，很少像西方文学中那样着力表现主人公的内心痛苦和人性挣扎。西方文学中把女性受到情感伤害之后的复仇叫做"美狄亚模式",故事来源于古希腊:美狄亚本是国王之女,因为爱上英雄伊阿宋,因此背叛父亲和国家,将亲弟弟分尸,用魔法帮助伊阿宋脱离险境,用巫术谋杀希腊岛国国王以便伊阿宋能登顶王位,并给英雄生了两个孩子。从伦理道德角度看美狄亚并没有错,但爱情这东西是波希米亚的浪荡儿,从来就不懂什么叫法律和道德。伊阿宋当然会移情别恋,他爱上了另一位年轻貌美的公主,与国王老丈人一道逼迫美狄亚离婚并离开该国。美狄亚的沉没成本太高了,但她可不是纤花弱草只会向隅而泣心碎而死,美狄亚可是身负异秉的王族成员,魔法咒语巫术下毒分尸样样精通,还能召唤出恶龙——性厌倦、婚姻疲惫和精虫上脑得有多严重,才能使伊阿宋敢于得罪这位能力卓绝性格刚强的女性,复仇故事一旦开始真是血流千里,美狄亚毒杀了公主、捎带手害死了国王、将自己和伊阿宋的两个儿子当着父亲的面杀死,最后伊阿宋走投无路海边自刎,而美狄亚自己远涉他乡又嫁了个国王。

只有古希腊这个完整圆满的世界里能诞生出美狄亚这样惊艳的女性形象,不为任何文明和伦理所约束,杀子这个情节被反复诟病,认为这破坏了基本人伦,爱得果决、恨得专注、行动力超强的美狄亚到了古罗马时期她就被认定为反面人物,但在现代语境下,复仇的本能被法律、道德、社会权威限制之后,美狄亚这样的形象无法令人印象深刻，她的凶残和暴虐之中带有人类生命初期的渴望，它具备疗伤力和再生力，使生存本身简单化了。文明有甜蜜，也有负累，而年年代代都有无视文明的复仇者，《老妇还乡》中的克莱尔是最典型的复仇女性。

该死之人与已死之人

克莱尔的悲剧是最深程度的女性悲剧：被情人抛弃，被爱人构陷，被司法系统错判，被人情社会隔离，她失去了爱情、尊严、孩子和安身立命的合法性，但有意思的是，她沦为妓女，嫁进豪门的经历并没有大幅渲染，剧本一开头她就是以复仇者的身份登场的。她的复仇方式非常简单粗暴：给我这个人的命，我给这个城十个亿。这个提法的性质很容易判断，这叫买凶杀人。

即便不熟悉市场行情，仅凭常识也能判断，真的要买凶杀人完全用不到十个亿，何况克莱尔的仇人伊尔此时年过半百，不过是破败小城里一名杂货铺的老板而已，他的命不值十亿。克莱尔此时是跨国石油公司的实际拥有者，富可敌国，十个亿对她来说虽然不是什么大数目，但她知道十个亿对居伦全城人意味着什么——无法拒绝的开价。伊尔的命不值十亿，但卡莱尔的仇恨值十亿。不计成本并不是因为有钱，而是因为伊尔的死并不是她想要的，她想要解恨，解除恨意，怎么才能解除呢？伊尔死掉显然不够，她还要他的忏悔，他的求告，她要践踏他的尊严，让他像野狗一样被猎杀，体验痛苦、孤独、恐惧，而后孤零零众叛亲离地死去。

克莱尔并不是支付十亿来悬赏一个杀手，而是任何人（不管是谁）杀了伊尔，全城人就能分走这十亿，这使得每一个人都成了同谋者，但每个人又都不愿意成为谋杀者。谋杀的意愿日渐高涨，但谋杀的行动却迟迟无法展开。居伦人直接面临两个难题：法律上的责任和道义上的谴责。

伊尔当然有罪：年轻时二三其德，为了区区一个日杂店的产业敢于将怀孕的克莱尔赶尽杀绝，身体上摧残她，名誉上羞辱她，生活中驱逐她，等克莱尔荣归故里，他居然失忆般的心存幻想，重提旧情，利用克莱尔的钱财和声名来换取在居伦城的社会地位，为此不惜伪造和美化了历史与记忆："那时我们真再好也没有了——年轻，热烈"。对于过去的罪孽，他好像失忆了似的，当牧师询问他是否需要忏悔时，他轻描淡写就抹过去了："可是生活把我们俩分开了，仅仅是生活，事情就是这样"。面对克莱尔一句杀机四伏的问好"我一直都想着这一天。自从我离开居伦以来，想回来一下的念头就始终没有中断过。你也想到过我吗？"伊尔对自己的罪孽如此麻木无知，居然理解为余情未了，立刻开始无障碍深情模式："当然，一直在想。"好一个"一直"！

克莱尔故地重游，来到一片树林。四十五年过去了，她仍旧能够准确地回忆起当年的甜蜜，关于当初抛弃克莱尔娶了更有钱的日杂店主女儿，伊尔是这么解释的："我是为了你才娶了她的，那时候你年轻，又长得漂亮，你很有前途。我一心想成全你的幸福，因此只好放弃我自己的幸福。要是你留在这儿，那你就跟我一样倒霉不堪。""自你离开我后，我简直生活在地狱里！"——真碰得一手好瓷。为了调情，他甚至去拍她的大腿，但那是一根木头腿，上面的链条打得他疼痛不堪。可这丝毫没能阻止他抒情的热望："啊，我的小妖精，要是生活没把我们分开那该多好啊，你多可爱啊！我的小野猫！"他去拉她的手，可那只手也是一只木头手。伊尔妄图在克莱尔面前塑造一个"一直以来深情款款"的个人形象——真碰得一手好瓷。薄情人最是深情模样，使得多少情深人倒做出浮浪情状来捍卫自尊心。

但克莱尔没有失忆，她的痛苦是实实在在的：伊尔抛弃了她，并用一升烧酒贿赂了两个地痞抹黑克莱尔的名誉，最终倒是法庭误判逼迫她离开家乡，孩子不满周岁就死了，她自己流落妓院。克莱尔嫁给石油大王后，全世界搜寻，分别在加拿大和澳大利亚抓获二人，克莱尔切去他们的生殖器，刺瞎二人的双眼，养在身边，又高薪雇佣当年误判的法官来当管家，四十五年后，她带着这三个人，一只黑豹（当年她曾昵称伊尔为"我的黑豹"）和一副棺材回到居伦，要求拿十亿给自己换个公道。面对此情此景，伊尔丑态毕露，懦弱猥琐，"这是多少年前的往事了，那时我年轻，不懂事""我不认识他们俩""我根本不认识他们俩""那是早已经过去的事了，生活一直在朝前走嘛！"当他向市长求助时，市长指责他当年的恶行让一位姑娘吃尽苦头。"这一苦头给她带来几十个亿啊！"他是这么认识自己的罪孽的，仿佛那位死了孩子、沦为妓女的可怜姑娘还欠他一面锦旗似的。

伊尔没有任何可怜之处，他利欲熏心坑害克莱尔在前，拒绝致歉麻木不仁在后，对他一手造成的伤害毫无知觉（这个太可恨）、歉意和悔改之意，克莱尔沦落风尘的境遇在他看来简直可挥手忘记——往事如烟嘛，何必计较。施害者总是更健忘，总是更宽容大度，也总是更善于翻云覆雨，对克莱尔谄媚撒娇无非也是看上她富可敌国，想借用旧情飞黄腾达自骄于人，对于这样巧舌如簧、不知廉耻的旧情人，克莱尔是这么说的："生活是一直在朝前走，可是我什么都没忘记。现在我们都老了，你已经衰朽不堪，我也被外科医生切得体无完肤，现在我要把我们俩的旧账来一个了结。你选择了你的生活道路！而我被你逼上了我的生活道路……我要求公道，以十亿的代价买的公道。"

该死之人必有该死之处，这要搁在上古时期的游吟诗里十页之内伊尔就得死，伊阿宋是神和人的儿子，是盖世英雄，尚且在美狄亚的怒火下难以自保，伊尔是一个德行有亏的杂货店老板，有什么资格苟活于世？有恩必酬有仇必报的年代，复仇不但合理合法，而且是一种义务，有仇不报非君子，不是君子活着就矮人一截。进入现代化之后，复仇的权利被公权力没收了，不经过法律程序同态复仇是违反法律的，是要被惩罚的。现代社会没有了"快意恩仇"这个气质，个人无往而不在公权力之中，本能被限制了，被文明教化了，所以我们喜欢读武侠，武侠的世界杀人只用偿命而不用坐牢，我们喜欢读《水浒传》，杀了人朝廷刺配我还可以劫法场、披僧袍、提戒刀、挑酒葫芦上梁山，不和你们玩了，我自己给自己要回一个公道，我要替天行道，不是替朝廷行王道。替天行道是什么呢？有恩必酬，有仇必报，杀富济贫，放下屠刀立地就能成佛。

但是作为现代人，克莱尔没有这个选项，而且也不必这么做，因为她手握一门大杀器：钱。不计其数的钱，有钱能使鬼推磨的钱。她能够利用现代社会的规则完成复仇大计，同时规避法律和道义的双重风险。从这个意义上说，这个故事完全不具备古典悲剧的精神内核，那种弱者对抗强者，个人对抗群体的悲剧性在这个故事里是没有的。克莱尔一出场就是强悍不可战胜的，这种强悍甚至成为一种符号、隐喻，一种坚不可摧的独立于现代社会秩序和法律之外的力量，但它恰恰不是古典悲剧中那种极具人道色彩的、具有疗伤和康复的力量，而是相反的、僵化的、牢不可破的破坏力。克莱尔自身的形象正是绝佳的代表：她全身上下几乎没有一处是真的，都是木头、锁链和螺丝钉组装而成的假肢，据说那是各种灾难的后遗症（飞机坠毁等），但相比飞机坠毁，被摧毁的内心世界封闭、冷漠、甚至残酷，都更加令人信服，她带着两个被刺瞎的阉人，一只凶险的黑豹，一口黑漆棺材来到居伦，她的复仇就是猎杀，带着毁灭和自毁的气质，而非古典悲剧中震人心魄的救赎力量。复仇的愿力有多大，当年的伤害就有多深，时间没有抹平创伤，更要命的是，时间把当年的甜蜜发酵成苦酒，而克莱尔对这苦酒如此上瘾，看上去她必须用复仇来留住这仇恨而非消除，痛感是她唯一能感知到的、证明她还活着的东西。"我爱过你，而你背叛了我。但我没有忘记这场梦，关于生活，关于爱情，关于信任的梦，这场一度是实实在在的梦。我现在要用我的几十亿金钱，把这个梦重新建立起来，我要通过毁灭你来改变过去"。乐于提供给她爱情的男人不绝于途，不管是出于真情还是假意，不管是买还是卖，克莱尔并非没有机会用新的爱情来催发新生，然而她显然是拒绝的，她不停地结婚离婚，离婚又结婚，来来去去壮大财产而非生命力，她在居伦的主要行动，就是重温当年美好的记忆，与此同时坐在高高的旅馆露台，看着居伦城的群氓暗暗蕴蓄力量来猎杀她那"甜蜜的爱人"。她带来的黑豹被人射杀在伊尔的店门口，她毫不动情，让阉人瞎子演奏《丧礼进行曲》来娱乐。有爱才有恨，爱恨之外是厌恶是避之不及，而后是遗忘。克莱尔为了留住爱不惜强化恨，伊尔的尸体成了爱的保鲜剂，只有带走他的尸体克莱尔才能平静。"我要把你装在你的棺材里带到卡普里岛去，让人在我的天宫花园里修建一座陵墓……那里是你最后的归宿，在我的身边"。

克莱尔早就已经"死"了，她的凋谢是从伊尔的背叛开始，但是死亡的过程非常漫长，她在金钱世界的经历不得而知，但我们看得到她被豪奢与浮华打磨后的样貌：冷漠，凶残，全身上下都是假肢，堪称一名活死人，连她昔日的爱情也都死了，日复一日地追忆和回想像千百条裹尸布把她和她的爱情一并闷杀在记忆深处。

不可能的公道

杀死一个人，就可以得到花不尽的钱——居伦城的居民被这赤裸裸的赏金冒犯了。正如市民们所认同的那样，虽然这座城现在破败不堪，通往欧洲繁华城市的列车都不在此停靠，工厂倒闭，全城人都在领失业救济金，市政府连电费都交不出，博物馆也卖给美国了，他们将一切的原因归咎于互济会、犹太人和共产主义者的阴谋，但它具有人文主义传统——"歌德在这里投过宿""勃拉姆斯在这里谱写过一首四重奏""贝托尔特·施瓦尔茨在这里发明了火药"，他们不能允许一个有钱的老女人这样赤裸裸地践踏这座小城的尊严，市长严词拒绝了这一请求，他说："夫人，我们还生活在欧洲，不是生活在洪荒年代。我现在以居伦城的名义拒绝接受您的捐赠，以人性的名义拒绝接受捐赠。我们宁可永远贫穷，也不愿意看到自己的手上沾满血迹！"这番慷慨陈词迎来了全城人暴风雨般的掌声，其中"以人性的名义"代表了欧洲几百年的人文主义传统，在死刑已经被取消的现代社会，杀人在法律和道义上都不具备合法性，它划定了人性的最底线——为了复仇不能杀人，为了正义不能杀人，为了金钱则尤其不能杀人。如果说前二者还有道德上的制高点，还有正义的色彩，那后者本身就是一桩罪孽，完全丧失了法律、道德和人性的三重合法性，即便是在前现代社会，为了金钱之欲夺人性命都要受到人间法律和上帝的审判。伊尔对人性如此笃定，甚至心怀感激地说："她打错了算盘。我是一个有旧罪孽的人，谁没有这种罪过。在我年轻的时候，的确对她耍过恶劣的一招。但是你看，所有在金使徒旅馆的居伦人，尽管贫穷，都一致拒绝了她的条件。这真是我一生中最美好的时刻。"死亡威胁至少让他承认了自己的罪孽，尽管还夹杂着"谁没有这种罪过"这类庸俗猥琐的自辩，他赖以逃脱惩罚的手段，从自欺欺人式的"我没错"，转移到"我有罪，但谁没罪，没人有权惩罚我"。居伦人基于人性的尊严拒绝了克莱尔，然而高贵之心必然会喂狗，伊尔的认识显然是谁也别装清白，你们拒绝她就是支持我。

人心似海，世事如谜，众声喧哗，都是冠冕堂皇的大道理，每个人都在拼命描画、修补甚至虚构自己正确高尚、无懈可击的生存原理，居伦人为捍卫小城的人性文明感到自豪，谁也不提正义和公道，克莱尔的复仇在他们看来并非没有正当性，但他们却拒绝参与其中，克莱尔提供了一个人人都能参与的入口，那就是无法拒绝的金钱，但他们必须交出清白和尊严。这种交易在文学史上真是不绝于书：和魔鬼做交易。世间安得双全法，不负良心不负钱。伊尔为自己得到全城人的支持（虽然事实并非如此）感到自豪。面对这些堂皇又煽情的表白和自我表白，复仇者克莱尔只有一个评价："等着看吧。"

与其说克莱尔洞悉人性，不如说她洞悉人性的黑暗面，她的世界观、价值观和行动力非常统一："这个世界曾经把我变成一个娼妓，现在我要把整个世界变成一个妓院"。在她看来，人性的本质就是欲望，除了欲望没有更多，而金钱可以得到所有欲望的满足，"人性，先生们，是为一个女富翁的钱袋而存在的"，克莱尔走马灯似的丈夫里有石油大王、外交官、艺术家、外科医生、时装设计师、勋爵、诺贝尔奖得主、烟草商。她曾经周游世界，和艺术家学过绘画和音乐，还在各地广行慈善、建医院、建幼儿园、建学校，现代社会一个人所能体验的所有生活她几乎都拥有了，她并不是刻板印象中富的只剩钱，没有精神世界的人，她抽最好的烟，喝最好的酒，穿最好的衣服，嫁最有钱、最有才气、最有名、最受人尊敬的男人，她在塞纳河畔吹过风，在狮身人面像下看过月亮，一切欲望她都能实现，用钱。她很好地使用了金钱，现在她要用金钱来解决最后一个欲望：用金钱安排世界。

居伦城的人们并没有伤害克莱尔，冤有头债有主，当年的居伦人并没有迫害克莱尔，甚至有很多人并不知道他俩的荒唐往事。假如单纯是报仇，克莱尔的仇人仅仅是三人：伊尔和两位诬陷者。但克莱尔选取的复仇方式更像是一次社会学实验而非就事论事，伊尔和全城人像是她实验的对象：一座自诩继承了欧洲人文主义精神的小城，一群自诩有人性尊严的人们，一个德行有亏但罪不至死的小人物。在这微缩景观中，滴入十亿元钱，会发生什么呢？但社会学实验是开放性的，意即结论不可知，通过实验结果来做结论。但驱动克莱尔的显然不是科学的好奇心和求知欲，因为她来到居伦城时，是抬棺而来。她如此确信人性的走向，甚至当伊尔举着猎枪指向她的时候，她所做的，是叫人把十亿赏金汇过来，她对伊尔会死这个结局丝毫没有怀疑过，只是时间早晚的事。她打着复仇头衔而来，伸张的并非正义，而是来再一次验证金钱的魔力。

居伦人为之自傲的文明、情感和人文主义传统，在克莱尔的金钱面前分崩离析、化为齑粉。市长、警察和医生代表了现代文明社会的守护者，教师、牧师是欧洲人文主义传统的继承者，伊尔的儿女和太太则是世俗情感的代表。正是这些人义正词严地拒绝了克莱尔的条件，也正是这些人让贪婪和欲望在潮湿阴暗的内心扎根、发芽、破土而出、长出邪恶的藤条将伊尔杀死。

最先堕落的当然是居伦城的群氓，他们蠢蠢欲动，人人都开始赊账过起他们无法负担的生活，因为人人心里都有那终将到手的十亿垫底，贪欲开始蚕食每一个人的生活：更好的牛奶、更多的面包，新的洗衣机、电视机，连伊尔的儿女都开始规划更好的生活更多的消费；与此同时社会秩序开始失衡：警察开始穿新鞋喝好酒还镶了金光闪闪的新牙，市长抽起了高级香烟，打起了新领带，穿起了新鞋，办公室买了新打字机，甚至绘制了市府大楼的新装修草图。每一个人都在等着伊尔的死，每一个人都已经在贪欲面前判处了伊尔死刑。作为精神高地，牧师比旁人更加清醒，他建议伊尔逃走，他清醒地指出恐惧来自自己的罪孽，并要求他审视自己的灵魂。而作为历代知识继承者、守护者和传承者，教师的态度最可玩味，他斡旋于群氓与金钱之间，企图说服克莱尔放弃杀人计划，企图在二者之间找到妥协："请您抛弃这种要不得的复仇思想，不要把我们弄得无路可走，求您帮帮这些贫穷、软弱但秉性正直的人民，让他们能够过一种体面的生活，求您发扬您纯洁的人性吧！"正是他和群氓一道阻止伊尔逃离居伦城，也是他跪倒在金钱的强力之下一再恳求，除了恳求他没有别的办法，当恳求未果，媒体蜂拥而来之时，他良心未泯勇气迸发，想要揭露这一群体谋杀事件，然而最终他还是清醒地沦为一个酒鬼，在酒精的麻痹之下逃离良心的拷问。百无一用是书生啊，无事忙。作为专业技术人员代表的医生，作为艺术门类的代表画家，不约而同在火车站加入了阻止伊尔逃离的活动，真是要在双手沾满鲜血之后获得资助以追求更高的技术提升和艺术造诣。

"滴水之仇，涌泉相报"，克莱尔用摧毁一座城市的历史、尊严和良心的方式来证明她是对的，金钱的力量如此巨大，迪伦马特不惜使用一种群氓狂欢的方式来展现和庆祝她的胜利。公民大会召开了，教师的发言慷慨激昂有金石之声，中心思想是这样的：我们必须杀掉伊尔，因为只有鲜血才能捍卫我们赖以信奉的有关自由、公正、博爱的传统价值观，我们才能保护弱者，伸张正义，捍卫完美的道德，追求崇高的理想——简单来说，这是一套我耳熟能详的胡言乱语，逻辑混乱，颠倒黑白，但又因为装点着空洞无当的庞大词汇而显得金光四射，继而显示出荒诞的、不容置疑的正确。"仗义每多屠狗辈，负心多是读书人"，一个读书人一旦为虎作伥真令人叹为观止。乌泱乌泱的公民大会上，市长沉默，医生沉默，画家沉默，警察沉默，反对党沉默，伊尔的家人沉默，连牧师都沉默，每个人都举起神圣的手，无一例外，用文明的、正义的、合法的程序全票通过了对伊尔的死亡判决，当然，最后的死因被判定为兴奋过度造成的心肌梗塞。所有人都是杀人犯，所以所有人又都无罪。克莱尔被当做恩主，得到长命百岁的祝福，在赞歌声声中抬棺离去，而她最后可说的，仅仅是："这是支票"。这张支票面前，家庭伦理崩溃、社会秩序崩溃、人文思想传统崩溃、情感崩溃、道德崩溃、信仰崩溃，在十个亿的诱惑面前，他们众声呼喊的是："为了主持公道！""出于良心！""铲除罪恶！"

他们一定是撒谎把自己都感动了,众声呼喊之中必定有人热泪盈眶发上指冠。这一幕啊,让迪伦马特声震文坛。人啊,耻于为人。

被再造的历史与记忆

最令人毛骨悚然的,还不单单是全城为了金钱而猎杀一个人,而是在这猎杀过程中被美化、矫饰、篡改、修订和遮蔽的记忆,这记忆涉及每一个人和这座城市。

复仇者还未归来,她的威名带着所有乐善好施的轶事就已经传到家乡。此时,为了取悦这位女富豪,全城人都认为她当年的历史有被改写的必要:她当年学业成绩很差,操行成绩也很差,于是市长就单单表扬她刚刚及格的植物学和动物学,她年少时是个野孩子,拿石头打警察,于是被定义为打抱不平,有正义感;偷东西分给寡妇吃,被人褒奖为乐善好施。不但她本人被美化了,她的家世也必须被镀金,怎奈她的父亲是个酒鬼,母亲跑了最后死在疯人院里,最大功业只是修建了一个厕所,这让费尽心思想要歌功颂德的市长颇费思量。

伊尔对记忆的篡改令人发指,他不单选择性的忘记了自己抛弃克莱尔、贿赂地痞诬陷克莱尔,居然大幅虚构回忆,将自己塑造成多情、自我牺牲的痴情男子,并将今日的穷困潦倒一股脑的归咎于自己对克莱尔的慷慨牺牲——真是碰瓷新高度,自己都被自己感动了。但这个丑态百出的形象却随着故事的发展,渐渐出现了难能可贵的转变:当全城人都已经渴望他死去的时候,在面临死亡之时,他真实的记忆不断涌现,面对历史的态度难以置信的诚实,不论其契机是什么,绝望、挣扎、恐惧、自省、对群氓的厌恶、对自身境遇的愤慨、对过去罪孽的知觉、对良心的第一次审视——所有的因素"泥沙俱下",冲开了一条忏悔的清白之路。他曾到警察局报警,到市政厅抗议,尝试过逃离此城,拿枪对准过克莱尔的脸庞,在这一切之后,他突然说"我不想再抗争了""我已经没有权利再说话了""毕竟都是我的罪过""是我使克莱尔成了今天的样子,我能说我是个无罪的人吗?一切都是我自己惹出来的"。他第一次和克莱尔聊起他们那死在救济院的孩子,是个女孩,还有一个美丽的名字,死于脑膜炎。他感谢克莱尔为他准备的漂亮花束,感谢那体面的棺材,感谢她会把他埋在看得到地中海的地方,然后轻轻告别。他的觉醒使他拥有了古典悲剧气质,但更为难得的是他的抗争,他拒绝自杀,拒绝为众人的邪恶开脱,拒绝和居伦人同流合污,面对必死的结局,他说:"你们可以弄死我,我绝不抱怨,绝不抗议,也绝不进行自卫,可是我不能让你们连审判会都免掉了",这种抗争之中有人的尊严:我欠克莱尔的自会奉还,但你们欠我的要留下痕迹。我的罪过和你们的罪过,是两件事。发生过的就是历史,无论如何都会留下痕迹,我的罪孽并不会掩盖你们的罪孽,我的赎罪并不能遮蔽你们的罪行。

死到临头有一段对话令人印象深刻:

> 牧师:你不害怕吗?
> 伊尔:还算可以。
> 牧师(手足无措):我会为你祈祷的。
> 伊尔:还是为居伦人祈祷吧。

但问题是,他依然无法被称为古典式的悲剧人物,因为他的死无论如何称不上是自由选择——他哪有不死的选项?不见棺材不落泪,他的忏悔来得太晚,太被动,夹杂了太多杂质。如果不是居伦人更加不堪,他哪里肯真的面对自己的真实历史。在虚假的记忆之中,他道德完美、精神高贵、深情不渝、洁身自好,自欺欺人的世界肯定更加舒适,如果不是死到临头,他难道真的会有勇气面对真实的历史?老妓从良从来也没那么轻松和清白。

克莱尔自始至终将自己定义为受害者,这个身份给予她无穷的便利和道德制高点。她回到居伦,所到之处都是当年拥有美好记忆的地方,她回忆鸟鸣、树影,年轻的伊尔为她和人大打出手,一切都是那么美好,她记得如何在埃及看月亮,在巴黎吹晚风,好一个柔弱、痴情、饱受伤害的可怜人。她的记忆显然也是靠不住的,她忘了女儿头发的颜色,忘了她死在什么地方,她选择性地忘掉了最疼之处,她还顺便忘记了如何通过结婚离婚敛取钱财,忘了她那些丈夫们如何被侮辱被损害。她的痛苦是真实的，她单方面的强化并陶醉于被害者身份，让她逃避了同谋者和作恶者的心理负担，是她买凶杀人，是她利用了一座深具人文主义传统的小城的衰败来施展自己的恶毒计划，是她诱导了整个城市人心的屈服和堕落。曾经的受害者用矫饰过的甜蜜记忆将自己盘踞成一条毒龙，用金钱的烈焰烧毁了苦苦挣扎的人性之光。

最大型的记忆篡改和遮蔽来自居伦人的公民大会，为了巨大的经济利益和贪欲，他们谋杀了一个人，人人都参与其中，人人都举手通过，尸体就在他们的簇拥之中——这巨大的事实像是客厅里的大象一样无法否认，然而全城人居然可以眼睁睁写出"心肌梗塞"的死亡鉴定书，居然可以在学校老师的带领之下，在媒体的推波助澜之下，将这一场大型睁眼瞎的谋杀现场篡改为铲除罪恶、伸张公理的义举，永远留存在历史的记忆当中。居伦城从此再没有清白的历史可言，人们很快将看到十亿元带来的改变，经济的繁荣，交通的便利，人民生活水平的提高，物质的极大丰富，没有人会记得这段历史，即便有，得到的也是一位乐善好施的老夫人曾经归来，因为其完美的家世，优秀的过往，给这座懂得正义和公道的传统城市注入新鲜的活力。那些肮脏的往事就此淹没无存，这些快乐的居伦人很快将会失忆，忘掉自己曾经在公民大会上举过手，杀过人，伪造过历史，篡改过记忆，他们记得的仅仅是每一个人分到的那笔巨款。

受过伤害的,复仇了;犯下罪孽的,偿还了;饥饿的人,吞过人血馒头了;衰败的小城,重新振奋起来了。看上去一切都如此圆满,可是总有什么丢失了。市长,组织过夺人性命的公民大会;警察,处死过罪不至死的人;医生,开过虚假的死亡证明;画家,用沾了人血的画布来追求艺术;牧师,以上帝之名宣判了无辜人的死亡;教师,用华美的语言埋葬了血腥的尸体和往事;至亲用父亲和丈夫的性命换来了金钱,多么恐怖的一座小城。

如果当初伊尔没有抛弃克莱尔,如果他认下了孩子,如果孩子没有死,如果克莱尔没有成为妓女,故事会不会有所不同?如果伊尔不那么赶尽杀绝,不那么翻脸无情,故事会不会也有不同?作为一个现代人,复仇太困难了。受不受法律制裁倒是其次,首先你就没那么好运气遇到一个亿万富豪把你娶回去,率先死掉而且财产全部归你,还把时间和空间留给你去复仇。大多数爱情的悲剧都终结在被抛弃之后,从这个节点开始,新的故事生发出来。但无论如何,所有故事都有几乎相同的性质和走向,那就是趋于平庸和遗忘。复仇是短时期内强烈的冲动,有些人也会付诸实施:伤害对方名誉,伤害对方身体,伤害对方财产,伤害对方家人——现代人复仇起来真是一地鸡毛。拿人性命这种一了百了的办法因为难以全身而退而丧失了前现代的畅快和美感。《老妇还乡》给出了一个童话般的复仇模式：拿钱取命，但这座坟墓挖得太深，不但忏悔者埋入其中，连同受害人和整个城市都一同被罪孽埋葬了，伤害无法弥补，公道也无从谈起，贪婪、背叛、构陷、出卖、谎言、懦弱、矫饰、冷酷，这真是一个没有任何好人的复仇故事。

《情人》

THE LOVER

爱情这件事，只和我有关

5

《情人》

爱情这件事，只和我有关

　　《情人》完稿于一九八四年，当年得到龚古尔文学奖，次年就由颜保翻译成中文在国内发行，我们生在金元时代，对二十世纪八十年代"文化黄金时代"有十分殷切的想象，这本书如此迅速的被译介仿佛也成了那个逝去时代的荣光。余生也晚，我读到的是王道乾的译本。我猜测大多数人读的都是王道乾的译本，王小波曾经在他的文章中极力推崇，认为那是他的师承，因此成了经典译本。二〇〇七年孙建军有过新译本，我没看过无法甄别优劣，但译本多一点总是好事。

　　《情人》最为人熟知的大概就是它的开篇了。"我已经老了。有一天，在一处公共场所的大厅里，有一个男人向我走来，他主动介绍自己,他对我说:我认识你,永远记得你。那时候,你还很年轻,人人都说你很美,现在,我是特地来告诉你,对我来说,我觉得现在你比年轻的时候更美,那时你是年轻女人,与你那时的面貌相比,我更爱你现在备受摧残的面容。"它是如此频繁地被提及,尤其是被女性读者,与其说是对写作美感的推崇,倒不如说是充分体现了女人对容颜、青春以及以捆绑其上的爱情的焦虑,哪怕这捆绑方式始终似是而非。爱情是玄学。容颜和青春是女人们所能认知、解释、把握的为数不多的要素。大家渴求规律,哪怕指鹿为马也在所不惜。

和这个著名开篇同样著名的是《情人》本身的难以卒读。它和我们熟悉、习惯或期待的爱情故事完全不同:它破碎的语言、破碎的叙述方式、破碎的悲剧性、破碎的人物形象——其中很大篇幅甚至都没在谈论爱情。它在谈论什么呢?它只谈论了"我"。

我那绝望的母亲,我那歇斯底里的哥哥,我那懦弱的小哥哥,我那寄宿学校有着青春肉体的女朋友,我那下等人的中国情人,这些"人物"都以一种非常迷人的方式展现出来,那就是"我"的记忆。记忆像显影液一般把他们冲洗出来,但这记忆为我独有,没有"我"这道介质或屏障,他们根本就不存在,实现手段则是第一人称叙述视角。几乎全部以"我"的视角展开,它没有写"我"

感知不到的事物和人，哪怕是人，"我"感知不到的方面它也没有写。几遍出现"她"这个人称，完成的也是"老年——少年"纵向的观看，而不是全知全能视角。《情人》没有现实主义作家那种"理性"的野心和狂妄，设想构建出来一个不为人知但为作者感知的完整世界，它干脆就是反理性的，世界的展开方式全部以"我"的感受为轴心：时间、空间、关系、因果。按照理性规范组织的认知或感知方式在这里几乎是失效的：她到底几岁，她是否爱他的钱，是否必须是他而别人，什么是欲望什么又是爱。显影液仿佛过期失效了，冲洗出来的记忆斑驳破碎，人物的形象轮廓迷离但却具有动人的眼神。这不符合我们的视觉习惯，但也许无法否认记忆的原理可能恰是如此：没有什么绝对真实，真实只存在"我"心中。《情人》的魅力正在于此，它没打算讲一个轮廓清晰，情节分明，人物鲜明的"故事"，将"爱情"蕴含其中，它对故事本身没什么兴趣，它的目标就是抹掉"故事"直接讲述"爱情"本身。

权力的故事

《情人》这书名会让人误解，以为这是一个婚外恋的故事，毕竟在中文里"情人"二字的含义比较含混：较为典雅的时代意为"单身男女朋友"，否则大张旗鼓欢庆"情人节"就需要一个解释；较为猥亵的年代它则代表了"不正当的男女关系"。

小说中爱情发生在一对未婚男女之间，女性只有十五岁，还在读寄宿学校，男性则是一名单身成年中国人。从第一个意义上说二人并非"情人"，而是男女朋友。但从道德意义上也确实"不正当"：女主人公未成年；男主人公非常有钱而且二人的感情毫无疑问有很大部分的确基于金钱；最重要的一点，那是殖民时代，女主人公是白人，而男主人公是黄种人。

站在今天的角度，这段关系被称之为"不正当"的充分理由是顺序的：后殖民时代，人种不构成一段爱情或婚姻的实质性障碍；现代社会，女性为了男方的钱而委身于他也不是什么大逆不道的事情，毕竟以前社会婚姻实质上是买卖关系，现代化之后有了婚恋自由的观念，但这"自由"完全不代表你"必须"出于真爱才能步入婚姻，而是你"可以"出于真爱而步入婚姻——前者是新型道德霸权，后者才是"自由"的应有之义；唯一会对这段关系构成直接威胁的倒是第一条：这个女孩未成年，男主人公会吃官司。

但故事发生的殖民时代，这三个要素的危险程度恰恰相反：女孩未成年当然也算一个问题，女主人公明确地写道："他还另有所惧，他怕的不是因为我是白人，他怕的是我这样年幼，事情一旦败露，他会因此获罪，被关进监牢。"但紧接下来一笔就把这一担忧荡涤殆尽："我笑他胆小怕事。我对他说，母亲穷都穷死了，不会上诉公庭，事实上，她多次诉讼多次败诉……即使这件事上诉公庭，同样也不会有着落，用不着害怕。"事实也确实如女主人公所料，所有人都知道了，母亲知道了，大哥哥知道了，小哥哥知道了，寄宿学校师生都知道了，男方家庭知道了，整个西贡、沙沥和永隆都知道了，但确实没有人为此吃官司。

女主人公家里非常穷。对贫穷的描写触目惊心，篇幅甚至超过对爱情的描写：十五岁的女孩怎么穿着她母亲穿过的旧衣衫站在湄公河的渡船上，和男主人公黑亮的汽车与白手套的司机如何形成鲜明的对比，这贫穷的一家人在中国少爷的款待之下如何在餐桌前吃得停不下来，抵挡太平洋的堤岸被冲毁之后贫穷导致的绝望如何蚀空了他们的母亲，为了一块肉大打出手的兄弟，一夜之间赌尽家产的哥哥。

"所有这一切，我们在外面是绝口不谈的，首先有我家生活的根本问题——贫穷，我们必须学会三缄其口。"正是贫穷使得"未成年"不成为一个问题，在寄宿学校发现女孩彻夜不归之后，通知了她的母亲，母亲痛打她一顿之后却在寄宿学校为她开通了夜不归宿的许可，默许这段关系的发生，直到女主人公带上巨大的钻石戒指。贫穷的女孩和富有的男人之间这种基于金钱的权力较量渗透在每一个阶段：从她第一次跟他来到永隆的居室，直到他们的事在整个殖民地沸沸扬扬，贫穷既然摆不脱，金钱的话题就从未停止过。"我要他告诉我他的父亲是怎么发迹的,怎样阔起来的。他说他讨厌谈钱的事,不过我一定要听。"

性是权力,金钱也是权力,但在殖民时代,最强势的权力必然是种族。殖民语境之下白人和黄种人之间有云泥之别。白种男人和黄种女人之间的权力关系因为符合生物和社会领域的权力关系,反而比较简单明了,也没背负更多的耻辱,比如《蝴蝶夫人》和《西贡小姐》。但白种女人和黄种男人之间的情感则呈现了完全不同的权力结构,别说在殖民时代,时至今日都依然自带远超其自身意义的阐释空间。这部分阐释空间像是房间里的大象、暗房里的黑猫,在后殖民时代和全球化的语境之下很难不引起过分关注和解读,但这关注和解读却恰好正是它的价值所在:在一段关系之中权力如何左右人心,以及,爱情如何穿透权力的罗网被感知到。

最直接的描写来源于母女之间强烈的冲突,心不在焉的母亲在沸沸扬扬的众声之中终于意识到白种女儿和黄种男人的情事,她把她关起来剥光了痛打一顿,在母亲的盛怒之下,她说谎了:"我说,和一个中国人,你看我怎么能,怎么会和一个中国人干那种事,那么丑,那么孱弱的一个中国人。"短短一句话中三次出现"中国人",再怎么翻译它的意思也是明确的。母亲并不担心女儿失贞,而是担心她失贞于一个中国人。等到满城风雨,作为社会背景出现的学校里也开始有所反应："她在法国学校读书，学校里白人小姑娘、年纪幼小的白人女运动员都在体育俱乐部游泳池里练自由泳。有一天，命令下达，禁止她们和沙沥女校长的女儿说话。"白人团体的态度非常鲜明。至于在家庭内部，即便这一个因为丧父和贫穷导致情感畸形的家里，女主人公的母亲和两个哥哥对待黄种人的态度也很明确："我的两个哥哥根本不和他说话。在他们眼中，他就好像是看不见的，好像他这个人密度不够，他们看不见，看不清，也听不出。"假如在暴虐、滥赌、冷漠成性的大哥哥身上有这样的反应不算意外，温柔的小哥哥居然也采取这样的应对，其中的政治色彩一目了然。从未在任何问题上达成一致的破碎之家，倒是在对待黄种人的态度上出奇的和谐，每个人都是这样理解这二人的关系："这是因为他有求于我，在原则上，我不应该爱他，我和他在一起是为了他的钱，我也不可能爱他，那是不可能的……因为他是一个中国人，不是白人。"在种族优劣的原则之下，女主人公已经被判定为"不应该"以及"不可能"爱上一个中国人，"不应该"是种族阶层的要求，"不可能"是坚信这一要求必将对置身其中的每一个人有效，爱情可能在性和金钱的支配下发生，但它绝无可能在一个有着明确种族分界的前提下发生。

二人的爱情从一开始就是被否认的，整个殖民区风传的不过是一个白人小婊子被中国富商玩弄，人人都拒绝设想一种不被金钱维系的情感会在二人之间发生，哪怕并非出于爱情，而仅仅是基于肉体吸引，也是断然无法接受的。更奇特的是这种思维模式不但对白人有制服力，对黄种人也同样有效，男主人公的父亲也认为这是丑闻，坚决拒绝儿子和这样一个毫无廉耻、只为了骗钱的白人女儿有什么瓜葛。当双方都将"金钱"这支箭钉在二人关系的靶环上时，爱情和肉欲就被擦掉了，简单粗暴的定义抹杀了本质性的东西。简单粗暴有助于克服恐惧，对"白人女孩和黄种男人之间可能会产生爱情"的恐惧。一旦被定义为肉体买卖，灵魂就安全了，它不需要陷入精细复杂的情感，否则就会得出危险的结论：他们正在相爱。在权力交错之中没有比爱更大的罪名。更有趣的是这样的结论不但双方家庭难以接受，连女主人公自己都无法处理："她还问我：仅仅是为了钱你才去见他？我犹豫着，后来我说：是为了钱。"即便是最后离别时刻，邮轮的汽笛发出巨大的鸣叫，杜拉斯也是这么下笔的："她虽然在哭，但没有流泪，因为他是中国人，也不应为这一类情人流泪哭泣。"

虚构的故事

一名作家最大的罪名当然是"虚构"，而她最强大的武器也正是"虚构"。《情人》至今被认为是杜拉斯的自传体小说，"自传体"的意思是此事为真，而"小说"又毫无疑问应当为虚构。在殖民地的异国恋情被反复书写，至少《抵挡太平洋的堤坝》《情人》和《中国北方的情人》三部作品都以此为题。湄公河上那个戴帽子的女孩那么熟悉，以至于我们分不清那是不是杜拉斯本人，毕竟《情人》中的元素不断在她各种作品中反复出现，以至于可以将它们相互联系，描画出杜拉斯的童年生活轮廓：炎热的交趾支那，早逝的父亲，被太平洋侵蚀的耕地，母亲如何徒劳地修筑堤坝，暴虐成性的哥哥，绝望如何腐蚀着家庭，殖民时代的残酷和情感的细腻。当然，这确实是杜拉斯的个人经历，她童年生活在法属殖民地交趾支那，但更广泛的阅读杜拉斯的作品，能感到此类关系设计是杜拉斯非常娴熟的模式：一对恋人陷入"不正当的权力关系"，《广岛之恋》中一个法国女孩爱上了德国士兵并因此饱受痛苦；作为二战受害者的法国女人在广岛爱上了日本男人——这种道德的"不正当性"赋予作品的张力与《情人》同构。另外有一种说法认为异域情调尤其是殖民地风情历来就是西方文学乐于消费的题材，这当然也是事实。一名作家是否会有意满足出版界的猎奇心理，或童年经验是否可以成为取之不尽的创作源泉，这类话题容易沦为诛心之论，但确切可知的是这三部作品中这位"情人"的面目的确是不统一甚至互相矛盾的。

成书最早的《抵挡太平洋的堤坝》中这位情人非常富有，但却是一位白人，这令人惊讶。杜拉斯对他的描写充满厌恶："他是一位足智多谋的男人的独子，却非常无能。他的万贯家财只有一个继承人，而这个继承人却毫无想象力。"面对这位丑陋、懦弱、无能的情人，女主人公苏珊自始至终保持了"不爱"的立场，二人也是纯粹的肉体买卖关系，苏珊的母亲因为购买了一块被太平洋淹没的土地陷入绝望，全家人都下定决心要让这位丑陋的有钱人来填坑。

同样的故事到了《情人》中，同样富有的情人摇身一变成了一位有着黄色皮肤的中国人，虽然依然孱弱、被动，经常哭泣，"身体是瘦瘦的，绵软无力，没有肌肉，缺乏阳刚之气"，但他到底是有了优雅之气，得体的衣衫，迷人的身体氛围撩人欲念，而"我"和他之间并非纯粹的金钱关系，而是金钱爱欲交织之下扑朔迷离的情愫，七十岁的杜拉斯写到了爱情，并借此拿下了龚古尔文学奖。

而在杜拉斯的晚年，她再次以这个故事为蓝本写了《来自中国北方的情人》，题目就很有意思，强调了"中国""北方"。在这次的书写中，中国情人形象摇身一变，不但身材高大，皮肤偏白，性格坚定，而且"我"对他一见钟情不可断绝，金钱的因素退居幕后，刻骨铭心的爱情事实扎扎实实可证——一个"完美"的情人形象最终被虚构出来了。

然而，"作家都是撒谎精"。法国现代出版社档案馆保存有杜拉斯的日记，根据其中一篇的记录，十五岁的杜拉斯当年在殖民地遇到的情人，既不是白人，也不是华人，更不是北方华人，而是一个土生土长的交趾支那的当地人，是一名深色皮肤的安南人。在日记里她写到对这个人的印象："怎么会注意到我的呢？他觉得我对他的胃口，我不愿对自己解释说是因为他也丑。他曾经出过天花，不太严重，但留下了痕迹。他肯定比一般的安南人还丑。"他不是白人，不是肤色稍浅的华人，甚至不是肤色更浅的北方中国人。人种之间也是有鄙视链的，在种族意识甚嚣尘上的年代，哪怕是将情人改头换面为北方中国人也还是需要很大的勇气，这一点无须苛责杜拉斯，更有趣的倒是由此产生的另外一个问题："自传体小说"依然是小说，虽然读者喜欢猎奇，喜欢偷窥，但最终胜出的不是"真实"而是"美"。在不断地修订和变形之中这段"自传"失去了故事的真实性，但它却依然保存了作家叙事的真实性，即：杜拉斯渴望中的、从未发生过的那种爱情，那种纯粹之爱。《情人》最迷人之处也正在于此：它如此动人心魄，并非出于它是杜拉斯的亲身所历，而是因为它乃是杜拉斯的亲身所欲。使人迷恋的不是那个"经历"过纯粹爱情的杜拉斯，而是那个"渴求"纯粹爱情的杜拉斯。

只为我所知的感官世界

杜拉斯的文体好看，但不好学。她精简的短句，诗韵，海量的标点符号，沉默的停顿，重重叠叠反反复复的词句，把情节性、戏剧性、悲剧性、人物形象全部切碎之后，呈现出来一种耳语般的呢喃，充满情感的倾诉，或者是醉酒后的呓语，主观、夸张、极端、情绪化、失真，但却极具感染力，它直接作用于人的感官而非头脑。这种语言风格一度非常流行，模仿者前赴后继。

在《情人》里，十五岁半的女孩的感官极度敏锐，捕捉到那些庸常情境下的超限内容。她写湄公河，赋予了这条河难以言喻的生命力：

"我这一生还没有见过像湄公河这样美、这样雄伟、这样凶猛的大河，湄公河和它的支流就在这里汹涌流过，注入海洋，这一片汪洋大海就在这里流入海洋深陷之处消失不见。这几条大河在一望无际的平地上流速极快，一泻如注，仿佛大地也倾斜了似的。"

湄公河发源于中国青海玉树，在国内的流段名叫澜沧江。这条大河有多么凶猛呢？雨季旱季流量变化极大，主河道上激流和瀑布又太多，身为东南亚第一大河它的航运能力却很糟糕，河道全长四千八百八十多公里，真正能够通航的只有下游五百多公里，而且一条大河在越南居然有九个入海口。《情人》的女主人公只有十五岁半，就在这样一条凶猛的大河之上遇到了她的情人。顺便说一句，法国人写纯爱故事真是欲念汹涌：炎热、压抑、物欲、性欲、绝望，身体就像炸药包，空气里都闪着火星，随便哪个人都可以把它引爆。要是换成日本人写必定是清浅的小溪流淌着散碎的樱花，男女主人公小眼神儿还没来得及交换呢就先死一个为敬。杜拉斯对这条河的描述很极致："激流是那样凶猛有力，可以把一切冲走，甚至一些岩石、一座大教堂、一座城市都可以冲走。在河水之下，正有一场风暴在狂吼。风在呼啸。"这条河和人物高度同构，它就是她的命运，是她的欲力，它就是她或爱情的一个比喻。故事的最后，女孩登上游轮，从湄公河进入大海永远离开殖民地和她的中国情人，凄厉的汽笛声全城人都可以听到，让所有人落下泪来。

这段情感始终和金钱密切相关，所以中国情人的模样非常模糊，但那辆黑色的小汽车却格外鲜明。情人在堤岸有一套单间公寓，她来了，这当中的心理描写非常细致传神，把一个十五岁少女身体的萌动和内心的懵懂都写尽了："她有点茫然，心情如何也不怎么明确，既没有什么憎恶，也没有什么反感，欲念这时无疑已在，对此她并不知道。""到这里来，不得体，已经来了，也是势所必然。她微微感到有点害怕。"杜拉斯破碎的语言一点不耽误她的清晰，这种微妙的心理从来没有人写得这么令人叹惋过，这种摇曳的，多变的，不思考只是感受，不反抗只是顺其自然的感觉。放弃思考，聚焦感官，此刻，当下，"我"的感受就是真相，他絮絮叨叨说爱她，她几乎没有任何触动，真正地理解来源于接触到他身体的那一刻，"她一下明白了，在渡船上，她就已经喜欢他了。"感官确认很直接，不需要任何理性的分析和说明。恋爱中的人都像个蠢货，大概是因为除了死亡之外，爱情是唯一能让那该死的大脑停摆的东西，那个你信任它、托付它、吹捧它，以它的运算能力思维能力为傲，却终身受其束缚和限制的大脑。欢爱过后，两人沉默地躺在床上，杜拉斯花了大篇幅描写窗外的市声，那千姿百态的声音，行人杂沓的脚步，木拖鞋刺耳的敲打，中国话仿佛都在吼叫，声嘶力竭的汽笛长鸣，让人头脑欲裂。女孩和情人谈到母亲的死，谈到钱，脑袋里千百种想法正如这声音嘈杂不堪，但杜拉斯转笔写到味道：

"房间里有焦糖的气味入侵，还有炒花生的香气，中国菜汤的气味，烤肉的香味，各种绿草的气息，茉莉的芳香，飞尘的气息，乳香的气味，烧炭发出的气味，这里炭火是装在篮子里的，炭火装在篮中沿街叫卖，所以城市的气味就是丛莽、森林中偏僻村庄发出的气息。"

两个人远离现实困境的片刻欢愉就在这气味中留存下来，那是原始的，自然的，平和的味道，有人间的烟火气又远离喧嚣。"我"并没有思考将处女之身交付给一个黄种人的结果。没有窗扇的房间就这么接纳了令人疲倦的声响和给人宽慰的气息，"我"像动物一样感觉这一切，杜拉斯也就这么写下这一切。笔锋一转，情人告诉她她刚才睡着了。当她开始思考时两个人又开始交谈，万千念头涌上来，彼此又都处在极度的不确定和恍惚之中，只有再次做爱方能把这无以名状的情感确认下来。

《情人》中大篇幅都在讲述"我"那被绝望和畸形之爱笼罩的家庭：母亲在父亲死后买下了一块每年都会被大西洋淹没的无用耕地，贫穷和绝望像恶狗一样纠缠着"我"的一家。母亲在常年辛劳之中精神濒于崩溃，暴虐的大哥哥，孱弱早夭的小哥哥，都给十五岁的少女带来极端的痛苦和压抑，但在小说中段杜拉斯突然回忆起一家人罕有的快乐时光。旱季来临，一家人用水将千疮百孔摇摇欲坠的房子洗刷一新，母亲罕有地不再抱怨，暴烈的哥哥不在家，我和小哥哥无比欢快。"整个房屋散发出香气，带有暴风雨过后潮湿土地那种好闻的香味，这香味闻起来让人觉得神飞意扬，特别是和别的气味混合在一起，肥皂的香气，纯洁，善良的气息，洗干净的衣物的气息，洁白的气息，我们的母亲的气息，我们母亲那种无限天真的气息——混上这样一些气息，更叫人欣喜若狂。"这一家人罕见的欢乐场景，被嗅觉凝固下来有了坚固的形状，这是一种缺乏传递可能性的高度主观的气氛。"人同此心，心同此理"是一种很难实现的愿望，但"人同此身，身同此感"确是一种事实。抓摸到肥皂的气味时你就抓摸到纯洁善良的气氛，洗干净的衣物就是洁白的味道，而那种成年人在困境和绝望中保有的偶然闪现的天真，心酸却带有真实的欢乐。"我"还是个孩子，贫穷、困窘、缺爱和青春的萌动混合成汹涌的原始力量，在身体里奔涌着找突破口，这力量会想杀人，想钱，想毁灭，想爱，想把身体打开缺口交付给任何人，但是对于单纯和欢乐的体会却如此稀少，夹杂在关于暴虐、贫穷和战争的记忆之间，带着孩子般的感官记忆确定下来。

死亡在杜拉斯的任何作品中都是主题，情人们在每一部书里都在死去，那些自杀的或是被杀的，死得都异常沉痛，掺杂着高强度的爱欲和痛楚。爱和痛在神经表现上是不是趋同，情人们总是在这两者之间剧烈摇摆，杜拉斯笔下的爱几乎时时刻刻都伴随着死亡。小哥哥因病而死，大哥哥则穷病交加死去了。杜拉斯并没有直接描写大哥哥的死亡给生活带来的具体印象，而是写了一大段毫无关联的感观印象，其超凡的表现力比任何写实性的叙述更能表达大哥哥的死给她的感受。

"黄昏在一年之中都是同一时刻降临。黄昏持续的时间十分短暂，几乎是不容情的。在雨季，几个星期看不到蓝天，天空浓雾弥漫，甚至月光也难以穿透。相反，在旱季，天空裸露在外，一览无遗，真是十分露骨。就是没有月光的夜晚，天空也是明亮的。于是各种阴影仿佛被描画在地上、水上、路上、墙上。

白昼的景象我记不清了。日光使各种色彩都变得暗淡朦胧，五颜六色被掏得粉碎。夜晚，有一些夜晚，我还记得没有忘记。那种蓝色比天穹还要深邃邈远，蓝色被掩在一切厚度后面，笼罩在世界的深处。我看天空，那就是蓝色中横向穿射出来的一条纯一的光带，一种超出色彩之外的冷冷的熔化状态……光从天上飞流而下，化成透明的瀑布，沉潜于无声与静止之墓。空气是蓝的，可以掬于手指间。蓝，天空就是这种光的亮度持续的闪耀。夜照耀着一切，照亮了大河两岸的原野一直到一望无际的尽头。每一夜都是独特的，每一夜都可以叫做夜的延绵的时间。夜的声音就是乡野犬吠发出的声音，犬向着不可知的神秘长吠。它们从一个个村庄此呼彼应，这样的呼应一直持续到夜的空间和时间从整体上消失。"

这一段视觉描写将夜的美写得动人心魄。那是布满阴影、充满空旷辽远狗吠的夜晚，这样的夜晚只有她一人知晓，这样的夜晚从来没有存在过，直到她回忆起这一晚并将它付诸笔端，这就是真实。那些刻在年鉴、日历和手表上的时间并不是真正的时间，那对于一个人毫无意义。只有以这样被感知到的世界才能带着它的时间闯入一个人的内心。物理意义上的世界当然一直都存在，但只有当它和人发生联系才能作为证据证明一个人的存在。熟悉的街道被拆除，远比地球另一端巴米扬大佛被炸毁更能摧毁一个人的情感世界，宠物的死亡也比流离失所更让人痛心——世界和你联系的方式正是如此。《情人》整本书里时间线都极度模糊，叙述也在各种时空里任意穿梭，七十岁的作家在五十年的记忆深潭里打捞时光，按照先后顺序将之排序、归纳、总结，这大概是她最不关心的事了，也是最无价值的事。那些情节有没有先后顺序呢，当然有，但这种时间的秩序感也是一种假象，它带来的只是一种屈从于习惯的秩序感，而这秩序感不提供任何实质性的信息。小说一开头就是沉痛的暮年光景，然后是十八岁的少女在自己脸上发现了衰老的无可挽回，而十五岁少女则满是耽于淫乐的面目，这中间发生了什么？我们先看到死亡的阴影时刻萌动在湄公河的渡船上，被大西洋吞没的田地里，被永无止境的闷热所笼罩的房子里，母亲在死之前就已经精神崩溃，对大儿子的溺爱，对女儿的忽视和冷漠，大哥哥撒谎成性，死亡并不是按照时间先后发生的，"他死在他的故事结局之前"——这样语法有错的句子并不符合客观事实，但却是杜拉斯对死亡的切身认识。

《情人》的难以卒读，在于它反时空习惯，事件并没有按照起承转合进行组织，而是按照非常个人化的情感印象被拼接起来。也在于它反情节：这个题材要是被拿去好莱坞，那是要被写成催泪史诗大戏的：殖民地，富豪公子，贫穷少女，家庭阻挠，社会舆论，注定分开的结局，天各一方的宿命——所有悲剧应当具备的要素都齐备，但杜拉斯有着截然相反的企图，那就是富家公子的父亲这个大反派唯一的戏份仅仅是几句话：他说宁可他死。"我"的母亲看到女儿能拿回钱之后也不置可否，"我"被白人社会孤立也是一笔带过，连抗争的情节都没有写。杜拉斯写了什么呢？

她只写自己感受到的世界：湄公河给她带来的危险与吸引，欲望初现时她内心的茫然，那顶帽子那件旧裙子的来龙去脉，情人身体的吸引力以及在她身上引发的只有她一人知道的深刻变化。那无可避免地分别所带来的痛楚是什么样的呢？"风已经停了，树下的雨丝发出奇幻的闪光。鸟雀在拼命鸣叫，发疯似的，把喙磨得尖利以刺穿冷冷的空气，让空气在尽大的幅度上发出震耳欲聋的鸣响。"它还是反人物形象的："我"的形象被固定在湄公河上的男士帽子里，离开湄公河的渡船，她的样貌身材性格一片模糊。中国情人的形象就更不用说，梁家辉在同名改编电影中的绝妙演出给这"情人"赋予了切实可感的结实形象，但在原著小说中情人的样貌几乎不可辨，大部分时间他都在哭，不哭的时候他在床上很有一套以及非常有钱，可以这么说：和爱情无关的人物性格杜拉斯全都不感兴趣。传统小说的写作手法被悉数摒弃，对任何独立在"我"之外的世界的描写都是谎言，"我"是我世界的唯一见证者，时间并非理性时间的必然属性，而是"我"的历时展开，空间也无关紧要，越南和巴黎没有意义，有意义的仅仅是堤岸上那栋藏下两个人身体的房间，和将"我"和这房间永远分开的游轮。但这恰是杜拉斯最迷人之处，她对奇情故事并不着力，她只写爱情。爱情在"我"身上的气氛似是而非的，无法归类，只有自己知晓。这是一部纯粹的爱情小说，而非以爱情为主题的社会小说，它没打算通过爱情展示任何爱情之外的东西比如时代、历史、道德、人性困境等等，像之前历代作家所做的那样。它只想成为爱情小说，只写纯粹的爱情，写爱情加之在一个人身上的所有印记——这样的爱情必然只和"我"有关。

物欲、情欲、爱欲

女人们在谈"纯粹的爱情"时到底在谈什么？政治正确的谈法是这样：无论他贫穷或者阳痿我都爱他，这就是真爱；而男人们对我们假如是真爱，那就应该能够做到合衣整晚不做非分之想，或是我们年老色衰依然不负旧恩。这样的认识会导致一个必然的结论：只有阳痿或禁欲者才配谈论真爱——当然这是玩笑话。试图将爱情肢解掉是时代病，性成为公开的消费对象，已经无法作为爱情的证据，不确定感使人如此焦虑，只有使用科学试验方式，排除干扰因素方能提纯出那个传说中不变不朽的"纯粹的爱情"。这种纯粹感看上去很神圣，有很大一部分原因是占据了道德的制高点。贫家女偶遇富家子，这样的爱情故事始终落了下乘——富家子最好破衣烂衫藏于民间，定情终身后不巧被公布身份，财富只有在作为女主人公美好道德品质的奖励时，才不会威胁到纯粹的爱情。《霍乱时期的爱情》对"纯粹的爱情"的提纯介质则是漫长的时间，不但彻底隔绝了性爱，连肉体接触和私人会面都全部杜绝，性则在六百多个"非爱"的女人身上得到解决——但五十多年的等待和海量数字反而使性显得清白了，即避免了变态之嫌，又有操练兵马坐等将令的意味。性和爱长期而彻底的分离也使得"纯粹的爱情"更加无可辩驳。

但在《情人》这部纯粹的爱情小说里杜拉斯呈现的则是完全相反的爱情,或者说呈现了一个有着截然不同爱情观的"我"。它始终和金钱和性密不可分,这密不可分并非"被迫的"而是"主动的"或者说"必然的"。

中国情人出场这一场景,小说中反复出现过四五次不同的变奏,整幅场景是在这层层叠叠的描染之中渐渐清晰起来的:"在渡船上,在那部大汽车旁边,还有一辆黑色的利穆新轿车,司机穿着白布制服。"颇为奇特的是后面紧跟了一句"那时驻加尔各答法国大使馆的那部郎西雅牌黑色轿车还没有写进文学作品呢。"然后,按照正常的观察角度,车里面坐着的情人应当登场,可是杜拉斯却细细地描述了这部车子的形制和宽大的后车厢,等写到情人时,关注点有三:不是白人,欧式衣着,银行界人士的打扮。第二次提到时是这样的:"我在湄公河上搭渡船过河的那天,那也就是遇到那部黑色利穆新小汽车的那天……"小汽车的形象远比情人更为突出。第三次描写为"所以,你看,我遇到坐在黑色小汽车里的那个有钱的男人……是在渡船上,是在烟雾蒙蒙、炎热无比的光线之下。"这部黑色的小汽车在后文中成了中国情人的标志,成为他身份的象征并在后文中不断被提及。我接受引诱的标志是上了黑色的小汽车,两人关系确立的标志是"从此以后我就算是有了

爱情这件事,只和我有关　　105

一部小汽车。"两个人难舍难分的情愫也聚焦在小汽车内的长吻和眼泪,这部小汽车就那么肆无忌惮地停在寄宿学校门外,像是张扬这份不正当的关系,但他又从来不下车,又是一种隐秘的躲藏。

中国情人从小汽车上走下来时,"我"的注意力聚焦在"英国纸烟""巴黎归来""有一栋大宅""他属于控制殖民地广大居民不动产的少数中国血统金融集团的一员""以后我要到城里最讲究的地方吃饭用餐",两人聊天时,"她听着,注意听他那长篇大论里面道出的种种阔绰的情况",直到两人第一次做爱完毕,"我"向他描述了家庭的困窘,"我说我想要他,他的钱我也想要",而情人的回答是"不过,钱他会给我的,叫我不要着急",两人的关系确定之后,彼此闲谈的内容散散碎碎,"我要他告诉我他的父亲是怎么发迹的,怎么样阔气来的。他说他讨厌谈钱的事,不过我一定要听,他也愿意把他父亲的财产就他所知讲给我听",那他的父亲有多么阔绰呢,书中提到的有三百多处房产和几条大街,然后卖掉水田继续建房子,简单来说,这是个殖民地的房地产大亨。言谈之间,还透露出他的财富在巴黎能够买到一切,女人、知识和观念。后来,母亲发现了二人的勾当怒不可遏,但得知女儿打算跟他要五百块钱回法国时也表示赞许,五百块对她们来说是大数目,但对中国情人意味着什么呢?他宴请"我"一家四口的花销就是七十七块。他如此富有,以至于人人都认为十五岁的白人小婊子是在卖淫,直到她大鸣大放在手上戴了一只巨大的订婚钻戒，众人才开始恍惚起来。

与此相对则是对贫穷家庭的漫长描写，父亲如何死去，天真疯狂的母亲如何买下了毫无意义的房产和没有收成的土地，哥哥如何吃喝嫖赌偷，一夜之间输掉全部家当，绝望和无助始终是家庭的主题，十五岁的"我"第一次遇见富家少爷时，穿的是母亲的旧衣服，腰上扎的是哥哥的旧皮带，鞋子是便宜货，而对方则穿着柞绸西服，抽着纸烟，坐着汽车，甚至还有一个戴白手套的司机。在这种强烈的贫富落差面前"我"表现出复杂的心态。"我"从来不掩饰对金钱的渴望，但也无法掩饰因贫穷导致的自卑、愤怒和不安全感。在两人第一次做爱之后，他带着她去昂贵的餐馆，她追问起他父亲的财富，闲聊间她说起自己喜欢睡露天，因为凉快，然后突然间"我"意识到这是贫困人家才有的生活习惯，"突然间，我感到很不好受。只是有点难受，不很厉害。心跳得不对头，就像是移到他给我能弄出的新的创口上直跳。"

虽然杜拉斯本人极力否认《情人》的主人公就是她，甚至有人公开出书暗示此事而将对方告上法庭，但杜拉斯对金钱的态度和"我"如出一辙，在洛尔·阿德勒的访谈录里提到杜拉斯对金钱的态度：朋友有难她施以援手，但会从酒吧顺白糖，说得出身上每一件衣服的价格，自己做菜算得出成本，为人吝啬，喜欢大量投资房产，非常害怕失去财富。小说的结尾中国情人并没有离开阻挠自己婚事的父亲，而是按照他的意愿娶了一名门当户对的中国女人，他没有能力反抗他，或者反抗他代表的一切：金钱、权力和地位。男女主人公在金钱问题上都没有按照政治正确的路线才证明纯爱："我"从未否认对金钱的迷恋，"中国情人"也没有试图为女主人公的道德清白出什么力，他充分展示了金钱的力量。从一开始金钱的力量就支配着二人的感情。

小说中母亲曾问她，是不是仅仅为了钱才去见他，"我犹豫着，后来我说：是为了钱"。颇堪玩味的是这一"犹豫"。使她犹豫的是什么？从小说中看显然是纷纷的情欲。根据杜拉斯原著改编的电影甚至被列入禁播之列，原因就是大量的床戏。这是不言而喻的，肉体之欢在二人的关系中是决定性的力量。杜拉斯写得非常细腻多变又风格突出。是这样的一对男女：情人身为富豪之子，比"我"大十二岁，之前已经有过丰富的性经验，又是男性，在情爱关系之中享有绝对的强势，但杜拉斯用另一组二元对立弱化了这种力量对比：女孩虽然是女性，年纪小，还是处女，但她是白人，在殖民地属于身份强势，但最决定性的是女孩果决的性格，中国情人孱弱、柔顺、经常哭泣，而她在家庭中是唯一敢和大哥哥对抗的人，在学校中不服管教，在情爱关系中，尤其是在性关系中，她始终是自己欲望的主宰，杜拉斯赋予她的自主、自然和自由真让人迷恋。

在遇到湄公河上的情人之前，"我"虽然只有十五岁半，可已经迈向一个女人了：敷粉，涂樱桃色的口红，穿高跟鞋，喜欢别人看她，当人家说她头发漂亮而非脸蛋漂亮时，她会把头发剪掉。那玫瑰木色的男士呢帽在热带一定非常扎眼，杜拉斯对这顶帽子进行了详尽的描述，尤其是带上它之后："突然之间，我看我自己也换了一个人，就像是看到了另一个女人，外表上能被所有人接受，随便什么眼光都能看进去，在城里大马路上兜风，任凭什么欲念也能适应"，少女萌动的情欲都体现在这顶特立独行、绝无仅有的帽子上了。即便它和衣服鞋子都不相称，和她十五岁纤弱的体形也不相称，但是"不论什么时间，不论在什么场合，我到城里去，我到处都穿它戴它，和我再也分不开。"在贫穷、困窘、绝望之中"我"还是长大了，身体开始成熟，杜拉斯格外强调，"我在十五岁就有了耽于逸乐的面目，尽管我还不知道什么叫做逸乐。"

欲念开始萌动，"我"清楚走在街上有人看，知道自己美，同时又明白"女人美不美，不在衣服装饰，不在美容修饰，不因为施用的香脂价格贵不贵，穿戴奇珍异宝和高价的首饰。我知道问题不在这里。问题究竟何在，我也不知道。"对于情欲，她认为殖民地那些白净的美妇人都在自欺欺人，压抑自己的欲念在等待、煎熬中接受被遗弃的命运等于"自作、自受、自误"，她感受到身体里荷尔蒙的涌动，像是凶猛的湄公河在血液里奔流，危险又炫目。

在堤岸上的公寓里，中国情人说爱她，反反复复说爱她，花了心思想要诱骗她,而"我"则直截了当地表示:"我宁可让你不要爱我。即便是爱我,我也希望你像和那些女人习惯做的那样做起来。"她完全是自己欲望的主人,在肌肤触碰之时她已经确认自己想要他,事情对她就非常的简单,他那些似是而非的绵绵情话、力不从心的引诱和反复表达的忠诚,在她看来都是多此一举,"我告诉他我认为他有许多女人,我喜欢我有这样的想法,混在这些女人中间不分彼此"。谈爱还太远,欲乐却实实在在。不可断绝的欢乐在其后每一次做爱中都被诚实地呈现出来,"我"在这当中的主动、主导和坦率让情人倍感错愕,"他说我把他骗了,所以像我这种人,随便遇到怎样一个男人我都是要骗的","我要求他再来一次,再来再来,和我再来","我觉得我又想要他","就让肉体按照他的意思那样去做,去寻求,去找,去拿,去取,很好,都好……一切都在欲望的威力下被冲决"。

情人说"我"和巴黎的女人们不一样,认为殖民地的炎热和草木使她变成了一个当地人,杜拉斯也花了大量的笔墨描写"我"在寄宿学校的好朋友海伦·拉戈奈尔,她有一种奇特的无知和纯真,书也念不好,对生命懵懂无知,十七岁了对身体和男女之事也毫无认识,但她出奇的美。"我"和海伦就是来自两个不同种族中相同的那部分,共同属于炎热的湄公河,没有被规训和教化,对文明和理性既无兴趣,也无认识,处于半野生状态。"我"毫无成见,对于欲望的认识全部来源于自身,它还没有被观念所修建,没有被道德所规范，因为它的禁忌和隐秘，反倒隔绝了所谓社会的渗透和干扰，这让它呈现出非常自然而复杂的纯粹性。物欲和情欲无法拆分的交织在一起，在谈到贫穷和绝望的母亲时，内心的焦灼促使她除了紧紧抱住他请求他再来之外，没有别的方法可以缓解；当她体会到身体的欢乐气氛时，感官全部张开去捕捉一闪即逝的气息："他移身过来。英国烟的气味很好闻，贵重原料发出的芳香，有蜜的味道，他的皮肤透出丝绸的气息，带柞丝绸的果香气，黄金的气味"——恕我直言，这些气味闻上去非常有钱。

杜拉斯对中国人黄色皮肤的描写经常会使用"黄金的颜色"，把殖民地低贱的肤色置换为金钱，使这种闪烁着强烈物质渴求的情欲显得尤其野生。物欲也好，情欲也好，说到底无非是生命之欲，身体里蕴蓄的强烈生命力在一切可能的方向寻求萌发，想吃，想美，想钱，想爱，然而家里是贫穷、暴虐和绝望，自然世界闷热、潮湿、阴暗的雨林和凶猛的大河，小环境和大环境都太粗粝了，唯一的安身之处就是那柔软的情人，瘦，绵软无力，没有肌肉，缺乏男子的气概，在巴黎念书毫无进展被他父亲逼回来的一个富二代，还经常哭。这个缺乏阳刚气质的男人带着疏松温柔的气质，和周边暴虐的环境形成了反差，包含生命力的"我"终于在他身上破土发芽了。

这种野生的姑娘是文学里的稀罕物，这种早熟的姑娘也是，《飘》里的斯嘉丽，《你好，忧愁》里的塞西尔，都是不往脑袋里装观念的人，靠着生命的本能和欲力生长。在他们身上呈现的自私、专横、野蛮和简单干脆有时候是同一件事。那是没有做加法的年华，或者是拒绝做加法的年华。"我"在十五岁时长成一个女人，并没有想到"爱情"这件事，甚至在鱼水之欢很久，也都没有提到"爱"，仿佛爱的欲望并没有从情欲里分化出来。第一次做爱她甚至很明确地知道自己并不爱他，而一年半之后，她坐上前往法国的游轮，在肖邦的乐曲中突然意识到这永久的别离意味着一个时代的结束，她哭了，感受到自己是爱他的。这爱的配料表很复杂：殖民地、少女时代、成长、性、爱、安全、渴求，它们一股脑的被游轮抛在身后，对前途的恐惧和渴望，对生命的好奇与厌倦。为什么是肖邦呢，因为肖邦温柔，正是中国情人的气氛。海上航行漫长、无聊、凶险，有人因爱投水自杀，这艘开往法国的游轮作为对前路的注脚真再好没有了，文中大段描写了之后在法国的生活，如何失去母亲，失去小哥哥，失去大哥哥，成了那些"法国女人"。失去的方式倒是很直接，就是死。那个著名的开篇再多读几行就是对衰老的详细描写，作为死亡的先声，杜拉斯从破处那一夜就开始观察到它在自己身上的印记了，生命力和死亡同步到来，就像那顶玫瑰色的呢帽从来就镶着一道黑边。有些人说《情人》包含女权主义的思想，妇女解放云云，客观效果上看也许确有模样，女主人公的自我主体性从来没有丢失，在情爱关系中也从未沦为被支配方。但从主观看，杜拉斯注意力都放在"爱情"上，对于高扬女权气质未必感兴趣，她的关注点，始终是记忆如何在爱情中展开，甚至二人离别的悲剧，都没有被处理成戏剧性悲剧，文中多次提到"我"并不想嫁给他，情人父亲的阻挠并没有给她造成心理伤害，二人分离的原因不是金钱、种族、年龄，或不爱（如那些以爱情为题的社会小说那样），而仅仅是因为"我不想"，即便爱不是性的理由，同样爱也不是婚姻的理由。在一段充满干扰因素（从最世俗的角度看）的情爱关系中反而把最纯粹的爱情提炼出来了。这真是"炼金术"。

但《情人》的好说到底不在这些枝节上。王小波认为《情人》教给他如何处理结构，段与段之间如何排列深具匠心。我同意他的看法，杜拉斯这种文体第一印象会非常散，但它的秩序是人物心理变化，而非线性时间和在时间线上情节的展开。我如何遇到情人，如何在勇力和欲念的唆使下打开感官世界，如何在面对随之而来的内心变化，如何日久生情——外部的压力更具戏剧性：母亲从激烈的反对到不体面的默许，对方父亲的诅咒，白人世界的鄙夷，湄公河沿岸的流言蜚语。但杜拉斯始终聚焦在个体身上，聚焦在黑色的利穆新轿车和没有窗扇的公寓内，爱情裹挟着不同比重的物欲和情欲不断变幻形态，越来越沉痛哀婉。从老年回望少年，从衰老回望欲力蓬勃，从死亡的门槛回看青春清脆的门环，只有爱情是时间的证明。杜拉斯在欲、爱、死之间往复循环的描写有音乐式的渲染效果，段与段之间的拼接手法精巧而自由。这种拼接方式在视觉上的呈现可以看看《广岛之恋》，杜拉斯作为编剧的电影总是比当导演来得好看。《情人》被改编电影时据说杜拉斯和导演意见有分歧（怎么可能没有），于是怒斥"《情人》是糟粕。是火车站小说，我是喝醉酒的时候写的。"这话也当得真也当不得真，酒她肯定是喝了，杜拉斯的酒瘾举世皆知，现在读书人培养名士风，鼓吹"人无癖不可与交"时，十之八九要拿杜拉斯的才华和酒瘾来佐证。各种媒体为了八面讨好，三五不时会组出"最会喝酒的女人"这样的主题时，杜拉斯也必须荣列其中甚至是榜首，不知是因为酒量大，还是名气大。《情人》这种貌似支离破碎，无故事情节，无悲剧结构，无典型人物形象的小说，确实有喝多了时那恍惚迷离的气氛，但也有酒后的天真和直接。至于说是"火车站小说"，也算沾点边，毕竟情节非常猎奇：殖民地一段禁忌之恋，充满了大量的性爱片段，以至于同名小说改编电影版在国内都成了禁片。但杜拉斯是职业作家，喝醉了写字也是有谱的，多看几遍原著也许就能体会，写作不是什么玄学，文字的锤炼、段落结构的安排，人物情绪的把握，意象的渲染，都是技艺联系和审美熏陶的结果，最后凝结成一个宽泛的大词叫"才华"。

殖民地的禁忌之恋，这个故事后来又有了新的版本叫《来自中国北方的情人》，在语言、叙述、人物和主题方面都有很大不同，我觉得倒是可以对照看看，我们所说的文学当然远不止"故事"。同样一个故事，会因为手法不同呈现出完全不同的样貌，《情人》的美恰在它独特的语言和结构之上，而主题又恰恰是爱情，除了爱情它其实什么也没写，还有它的沉痛哀婉，正是爱情应有的样貌。

《霍乱时期的爱情》

LOVE IN THE TIME OF CHOLERA

爱的信与不信

6

《霍乱时期的爱情》

爱的信与不信

书写得挺好，但我不喜欢，是口味问题也是价值观问题。不喜欢主要是因为故事太"传奇"：一个男人，不离不弃痴心等待，并不因为女神的婚嫁、衰老而放弃，最终在生命的终点如愿以偿，痴情人终获女神。

时间是个奇妙的东西，它能赋予平常之物意外的魅力。一个普通人等待女神的垂青，等三五个月是癞蛤蟆想吃天鹅肉，等三五年是痴情种子，等十三十五年人格就开始高大起来，而本文的主人公弗洛伦蒂诺·阿里萨等了五十三年七个月零十一天，于是，他就成了传奇。

本书前三分之一的故事取材自马尔克斯亲爸爸的经历：一个年轻的报务员，喜欢写诗，会拉小提琴，在一个偶然的机会下认识了一个姑娘，私订终身，遭到女方父母的反对，为了阻断二人来往不惜举家搬迁，但报务员利用电报一路追踪女孩的足迹，最终有情人终成眷属。但《霍乱时期的爱情》的故事却并未到此结束，后面三分之二风云突变：女孩旅行回来长了见识拒绝了男孩的求婚，不久嫁给名门之子，享受了长达五十一年幸福的婚姻生活。男孩则暗下决心终身不娶等待女神，在五十一年中睡了六百余名各样女性之后，女神的丈夫终于死了，男孩在葬礼上表达了半世纪的爱慕之情，二人踏上航船之旅，共度余生。

我不喜欢这篇小说（但不完全讨厌）主要是不信：我不信被语言构造出来的现实有如此强悍的支撑力，不信男女主人公不付任何代价居然能度过甘蔗两头甜的人生，不信个人的意志能阻挡命运的洪流——但这些都是旁枝末节，说到底，我是不信爱情可以被当做人生的意义，不论男女我都不信。

语言构造现实

男主人公弗洛伦蒂诺·阿里萨是个富豪的私生子，虽然没有名分，但暗中得到父亲的抚养费，小伙子天性聪慧，摩斯密码一学就懂，小提琴上手就会，性格内向，身材瘦削，会拉伤感的小夜曲，也会朗诵各种伤感的诗歌，喜爱阅读到什么程度呢，"转向诗歌对他来说是一种心灵上的舒缓。青春期伊始，他就按到手顺序读完了人民图书馆的所有诗集……他唯一清楚的，便是在散文和诗歌中，他更喜欢诗歌，而在诗歌中，他又更喜欢爱情诗。凡是爱情诗他每读到第二遍，就能不知不觉地背诵下来，越是讲究格律和用韵，越让人撕心裂肺的诗，他背得越容易。"他会一边落泪一边朗诵当地诗人的作品，会整段照搬西班牙浪漫主义诗人的作品给女主人公费尔敏娜·达萨写信，而一封信就长达七十页，还是正反面。相思时他是怎么样呢？"他腹泻，吐绿水，晕头转向，还常常突然晕厥。"他母亲吓得不浅，因为这状况不像是相思，"倒像是染上了霍乱"——这就是本书书名的来源和真义，爱情使人处在一种非正常的状态之中。

青春期是生理过程，也就是说，青春少年的伤感、反抗、爱欲冲动都是基于生理变化，阿里萨的爱情表现尤为直观，它全部以身体病态呈现出来：是急遽、夸张、冲动、不计后果、有破坏力。很难分清楚是他的性格使得他必然有这样激烈的表达方式，还是这份爱情确实如此强烈使得他无法不如此表达，但有一点文中是很清楚的，所谓炽烈的爱情，大部分只是单方面的燃烧。在向费尔敏娜表白之前，他已经自顾自写了六十页的情书，全是从阅读当中背诵下来的甜言蜜语，他吃栀子花，喝香水，用大头针在山茶花的花瓣上为她刻下微型的诗句，给她寄自己的头发，大半夜去给她拉小夜曲。拉丁美洲的男人恋爱起来是不是都这个高温易燃易爆状态,不得而知,但费尔敏娜和他显然不在一个频道上,她不知道他这狂热从何而来,对那烫手的情书也不知如何回复,最终回复时,也不过半页纸,绝口不提感情,讲得无非也是日常琐事,"事实上,这些信对她而言只是一种消遣,用来维持炭火不灭,但不必把手伸到火中,而弗洛伦提诺·阿里萨却在信中的每一行里把自己燃烧殆尽"。

这样的男孩不难理解,荷尔蒙超量分泌时表现都差不多:为女生打群架,为女生写情诗,为女生自残,把女生名字刻得到处都是。大多数情况下,对方是谁并不要紧,要紧的是正好有这么个人或者找这么一个人作为青春欲望的泄闸口。阿里萨那七十页的情书,为了得到爱情去寻求沉船宝藏,身处妓院却守身如玉,流不完的热泪,不愿停止的自虐,都是生命欲力的表现,按今天的话说叫"戏多",虽然浮夸但情真意切,所谓"少年哀乐过于人,歌哭无端字字真"。

一对少年男女,连私下单独相处都没有,基本的了解也谈不上,唯一的动力是男方的狂热而女方只要享受这狂热就好,于是在来往的信件中谈到婚嫁,彼此确认对方为未婚夫妻。事情败露,女方父亲阻挠,谈判未果,毅然带着费尔敏娜做长途旅行。旅行中双方利用电报依然保持联系,女方甚至去参加舞会,都会打电报向男方确认许可,她认认真真的认为自己就是在恋爱。但到此为止,所有的爱意都是靠语言搭建的:连绵不绝的情书,一路跟随的电报。这有点像人分两地的网友,彼此换过最好看的自拍照,然后就日思夜想,沉溺到一段热度不低但不接地气的爱意当中去了,直到有一天,满怀信心的彼此见了面……

但与那时不同,此刻她没有感到爱情的震撼,而是坠入了失望的深渊。在那一瞬间,她恍然大悟,原来自己对自己撒了一个弥天大谎。她惊慌地自问,怎么会如此残酷地让那样一个幻影在自己的心间占据了那么长时间。她只想出了一句话:"我的上帝啊!这个可怜的人!"弗洛伦蒂诺·阿里萨冲她笑了笑,试图对她说点什么,想跟她一起走,但她挥了挥手,把他从自己的生活中抹掉了。

这样的幻灭人生总会经历几次,感情是相处出来的,不是写信写出来的,语言的魔力和虚妄恰在于此。费尔敏娜强健、务实的性格,旅行中的见闻,生活的充实,眼界的开阔使得她迅速意识到这段被语言构建出来的感情的本质有多虚弱:它来源于对爱的描述和定义,而不是对爱的感知,至少她来说是这样的。但马尔克斯却非常坚定地让弗洛伦蒂诺·阿里萨以这样的一段情感为基点,整整支撑起他半个世纪的人生——这才是最典型的魔幻现实主义,还好马尔克斯让他从此沉浮欲海,至少在六百二十二名女性身体上打滚，既有寡妇，也有少妇，既有文艺女青年，也有交际花，有十四岁的小女孩，有同年龄的老朋友，直接因他而死的就有两人，一个是被丈夫割喉，一个是自杀。抛开道德感不提（确实很难），可以反过来想一想，假如设定为他一生禁欲等待女神，就会更好吗？当然不！那我简直更加不相信了。即便在小说的结尾，马尔克斯也暗示嫁入高门大户的花冠女神费尔敏娜，既为丈夫仅有的出轨而愤怒而她本人在忠诚方面也绝不清白，她既为阿里萨等待自己一生感到惊异，也不无试探地询问他的性生活——他当然满口谎言，原文是这样说的："那是因为我为你保留了童贞"。

谁都不会当真。重要的不是事实，而是勇气。但我始终把它当童话看，人生一世，草木一春，谁的一辈子也是一辈子，我也许能理解这其中的美感，但这无论如何也太悲剧。即便二人最终聚首，但年少时费尔敏娜在市场上转头看到他那一刻的失望、愤懑和厌恶是真实的，拒绝他也是真实意思的表达，嫁给乌尔比诺所得到的安稳、幸福、平静哪怕是坎坷也是真实的，两个人的婚姻不会因为第三个人五十年的等待就变得毫无价值，这一点我始终不相信。说费尔敏娜出于软弱、犹豫、虚荣才选择了乌尔比诺，这是谎言，说她最终投入阿里萨的怀抱是人性的失落与复回也纯属胡说八道——这恰恰是我不喜欢"传奇"的原因，它使得一切真实都黯淡无光，仿佛那成了罪过和不堪，好比看惯修图的眼睛再也不肯面对拥有真实色彩和线条的世界。

旅行的意义

男女主人公在私自通信不久，就被女方父亲发觉，而后父亲带着女孩做了一次长途旅行。这次旅行非常艰苦，在内华达山的悬崖峭壁前行，在烈日、雨水、雾气中，艰辛的骡马之旅坠亡时有发生，她跟父亲在印第安人的营地里过夜，在热闹的集市中忍受山羊、斗鸡和野狗的臭气，他们穿过战场，见过吊死在树上的同行者，然后抵达平原，迎接她们的是快乐的手风琴、焰火、钟声和甘蔗酒。

在这之前她是深居简出，身处父亲和姨妈的严厉看管下，行动范围大不过学校、家和教堂连接的一小片区域，生活内容除了功课、女红和敬神更无其他。阿里萨的出现对她是新奇的，也是唯一的调剂。但这趟旅行可就大不相同了，世界突然展开在她面前，哪怕它更多是艰苦和恐惧的，但它依然给费尔敏娜产生了不可逆转的影响；上路伊始她还因为情伤但求一死，但到目的地时，因为旅途艰辛，连累带怕，"此刻，她再也没有心思去爱这世上的其他什么人"，丰富繁杂的家族生活使她的自我开始觉醒，生性浪漫的表姐伊尔德布兰达·桑切斯也教会了她男女情事，她去参加舞会，学会了成熟稳重的举止，当她回到家中，"她自己也没有意识到，在这次旅行中她竟成熟了那么多……费尔敏娜已经不再是那个既受父亲宠爱又受他严加管束的独生女了"，她安排仆人打扫房间，重整生活，父亲则把管理家务的财权交给她："我把生活的钥匙交给你"。第二天，她穿过大教堂广场时已经不是那个矜持的少女了，而是一个朝气蓬勃的女人，"只要有点东西卖的门廊，她都要走进去看看，而每到一处，她都能找出点什么来增添她对生活的渴望"，呢料、印花丝绸、压发梳、花扇、鲱鱼、血肠、红醋栗、鼠尾草、牛至叶、丁香、大料、刺柏、胡椒、安息香液、法国香水、避孕套、春宫图、药油、磷光墨水、红糖糕、发丝饼、奶油卷、夹心酥、菠萝块——她的世界突然无与伦比的丰富，她当然误以为是阿里萨的婚约使她幸福，但当阿里萨出现在她面前时，令人震惊的失望她自己也没有料到，他不过是她单调生活中的一场玩笑——

"不，请别这样。"她对他说，"忘了吧。"

这一点是典型见光死的故事，当然，费尔敏娜之前见过阿里萨，但旅行归来她找到了自己的节奏，她对阿里萨的狂热有了自己的认识。这些变化并非来源于犹豫、虚弱和虚荣，相反，经过长途旅行她更加强健了，她坚决拒绝了父亲给她安排的另外一门亲事，即便对方英俊出众且家资不菲，她在旅途中坚守了和阿里萨的承诺，甚至出门参加舞会，也要不厌其烦拍电报获得他的允许，因为她认为这是一名妻子应该做的——但事实很"干燥",她不爱他,不是那个流热泪、写情诗的阿里萨,而是真真实实站在她身后、眼睛冰冷、面庞青紫、双唇僵硬的阿里萨。这不是她想要与之共度余生的人。

"费尔敏娜·达萨当初在某种乍现的成熟之光中拒绝了弗洛伦蒂诺·阿里萨,而很快,她就因遗憾与内疚感到了痛苦,但她从未怀疑过自己的决定是否正确。那时,她也无法解释究竟是什么深藏不露的理智让她做出了那样高瞻远瞩的决定,但多年后,当她即将步入老年的时候,不知怎的……她发现了潜意识中阻碍她爱他的原因,她说,他就好像不是一个人,而是一个影子。"

不是父亲或是别的什么外因改变了她的想法,她是如此明确自己的感受,以至于一夜之间归还并索回两人之间所有的信件物品,坚决回绝了阿里萨的母亲的恳求,并很快在后半生将他忘掉了。

《霍乱时期的爱情》中多次提到旅行:为了摆脱被费尔敏娜的拒绝的伤痛,阿里萨踏上了由母亲安排的一次长途旅行,马尔克斯细致描绘了这次航程的景色,短吻鳄和大蝴蝶,草鹭和秃鹫,岸上的海牛与河上的浮尸,都震人心魄,而且旅途中他失去处子之身,从此开始长达五十一年的猎艳之旅。费尔敏娜的新婚旅行则长达两年之久,塞纳河、杜伊勒里宫、圣马可大教堂、贡多拉,甚至还偶遇了雨果和王尔德，"说不清究竟是欧洲之行改变了他们，还是爱情改变了他们，因为这两者是同时发生的，他们带着一种新的生活观念回来了，满载着世界的新鲜事物"。费尔敏娜在丈夫出轨后再次踏上旅程，回到自己的故乡，一走就是两年，她看到的是日光下暴晒的尸体，妓女们在门廊睡午觉，曾经年轻的表姐身形失控，昔日的密友也已经满头银发，故乡虽非旧日风貌但依旧给予了她抚慰，毕竟孙儿辈已能穿着整齐在牛车上齐声歌唱。等到乌尔比诺医生亡故，阿里萨邀请费尔敏娜再次踏上旅行，两个人在漫长的旅行当中旧梦重温，沿途的风景大为不同，半个世纪以来那些动人心魄的场景早就消失无踪，留下的是干涸的马格达莱纳河，森林被滥砍滥伐，航船太密集雨林几近消失，鳄鱼被捕杀去做了皮鞋，鹦鹉和长尾猴销声匿迹，海牛也被人用穿甲弹射杀了，仅仅是为了寻开心。而这趟旅行的起因，是因为阿里萨和费尔敏娜的情事被人诟病，倔强的费尔敏娜在孀居之后，厌倦了等待死亡，她说："我真想离开这个家，一直走，一直走，一直走，永远不再回来。"

费尔敏娜是一个从旅行开始觉醒、成长、疗伤、逃离的人，旅行给她带来了世界的多彩和纷繁，使她在人生的每一个阶段都得到滋养，而这滋养的本质叫遗忘。漫长的旅途、扑面而来的新鲜事物让她忘记了少女的狂热，忘记了对阿里萨的内疚，忘记了新婚的犹疑和恐惧，忘记了丈夫的背叛带来的伤痛，也忘记了新时代到来时对亡夫的攻击给她带来的冲击，忘记了衰老和死亡。一次次地离开和回来，作为别人的花冠女神她度过了显赫、丰富、安定又嘈杂的一生。她拒绝阿里萨是明智的选择，嫁给乌尔比诺也非常明智（虽然曾有负于她，但他给她带来的幸福同样无可否认），在人生的每一个阶段费尔敏娜都不曾犹疑，这种果敢、坚决、善良又丰富的女性，会让人忘记了她是这个城里最漂亮的女人。马尔克斯将地位显赫、才学过人的乌尔比诺医生给她当丈夫，度过了半个世界富足、安定、幸福的婚姻生活，又将痴情执着的阿里萨在人生的首尾——一个人最纯情的年华——安排给她不离不弃，不知道文学史上是否还有其他女主人公得到这样的厚爱。

爱的圆满：婚姻与不婚

当初被这本书吸引，一方面是因为马尔克斯的大名，另一方面是据说它"写尽了爱情的形态"，这个说法很吸引人。在一定程度上，马尔克斯确实完成了这样的任务，他分头写了两种最典型的关系模式：一种是婚姻，一种是自由。

女主人公费尔敏娜得到了婚姻，丈夫门第高贵，心怀大志，是能够被载入史册的人物。她经历了婚姻能够提供的一切：稳定、安宁、富裕、甜蜜和共同成长，同时也伴随着怨怼、琐屑、乏味和伤害。马尔克斯花费大量笔墨描写乌尔比诺医生和费尔敏娜的婚姻生活，两人共同解锁了几乎全部人生经历：冤家路窄的恋爱，互相试探的初夜，盛大的婚礼，自在的蜜月，共同参与各种政商要务，一起抚养先后到来的孩子，为一场外遇痛心，为一块香皂分居，为家务吵架，为婆媳关系苦恼，即使在乌尔比诺死后，他生前的声望依然在带给她便利的同时也带来负累。这是不是爱情呢？当然是。费尔敏娜曾经在迷惘之中拜访了一位料事如神的女巫，后者对她说："未来没有任何障碍阻挡她享有一段长久而幸福的婚姻"；在这一对新婚夫妇踏上游轮远赴欧洲度蜜月时，马尔克斯写道："他心里明白，自己并不爱她。同他结婚是因为喜欢她的高傲，她的严肃，她的力量，也因为自己的一点儿虚荣心，但当她第一次吻他时，他确定，没有什么障碍能阻止他们建立一份完美的爱情"。事实也确实如此，马尔克斯给了乌尔比诺医生一次怪异的、漫长的、详细的死亡，他的临终遗言是："只有上帝知道我有多爱你。"

爱情的发生方式有千百种样貌，小说和电影里最爱表现也最广为称道的，是像阿里萨初遇费尔敏娜时电光火石般狂热的，一见钟情，因为直接来源于感官，简单迅速，强度很高，被赋予了最大的合理性：爱情就是不问来由、不计成本，所谓"心动的感觉"，尤其它又和"年轻"和"单纯"捆绑在一起，被拥有话语权且不那么青春单纯的人一再美化、放大、宣讲，产生了一种类似追忆，但气质却不免猥琐的叙事方式，猥琐的来源，是单方面强势设定青春之爱必然是无邪的两情相悦。事实上，阿里萨对费尔敏娜始终是单方面的狂热，费尔敏娜被如此明显地带入节奏，以至于真正面对面的瞬间，她立刻清醒了——被爱不是爱情发生的要素，她不爱这个狂热地爱着自己的人。即便是五十年后丈夫死去，她再次回忆起这段经历，也非常清醒，"对过去的回忆更加坚定了费尔敏娜·达萨的信念，那就是二十岁时的火热躁动是某种高贵而美丽的东西，但绝不是爱情。她也没有勇气告诉他……他信中那些伤感主义的言语听上去有多么虚伪，那些抒情诗似的谎言又会多么贬损他的事业（赢得女神）"。

费尔敏娜和乌尔比诺的爱情方式，按照今天的说法，就是在婚姻的沼泽里一粥一饭相爱相杀。他们性格不合，费尔敏娜果敢热情，敢于跳过街道去要王尔德的签名，乌尔比诺却觉得太丢人；费尔敏娜和陌生人打起交道来得心应手，乌尔比诺却庄重自矜；他们习惯不合，费尔敏娜睡觉轻，乌尔比诺早起且声响巨大；费尔敏娜热爱花卉和家养动物，乌尔比诺连狗和猫都痛恨，费尔敏娜视一日三餐为永久的酷刑，乌尔比诺从来不会捡起地上的任何东西；他俩价值观也不同，仅仅是面对赫雷米亚·德圣阿莫尔的死亡，夫妻俩就无法达成共识；两个人之间的怨怼和误会直到一方死去都还没有完结，费尔敏娜无法接受婆婆的刁难和小姑子的愚昧，乌尔比诺一生的异性好友在他死后仍然会给费尔敏娜带来名誉伤害——即便名门望族、郎才女貌、衣食无忧，婚姻生活依

爱的信与不信　　129

然是它本来的模样，依然是琐琐屑屑，磕磕碰碰，但这是不是爱情呢？"他们终于彻底了解了对方，在结婚将近三十年时，他们变得好似一个人被分成了两半……他们一起克服日常生活的误解，顷刻结下的冤仇，相互间的无理取闹，以及夫唱妇随的那种神话般的荣耀之光……那是他们相爱的最美好的时期。"

另外一种方式则是阿里萨的方式，他得到了自由。在青春之爱受挫之后，他下决心过上了灵肉分离的生活：一生中短短长长共与至少六百位女性有过皮肉之欢，简直堪称另一个传奇，对于男性来说，这数字肯定有种万国来朝的气派，无论最初动机如何，也有集邮之趣。她们几乎囊括了你能想到的各种女性：孤独的寡妇、寂寞的少妇、发疯的少女、才情满腹的女诗人、干练的女商人、未成年的女学生、能干的女秘书、放浪的交际花，痴情的、绝情的、艳情的，黑人、白人，长期的、短期的，主动离开的、纠缠被踹的，回归家庭的，意外被杀的、自杀的，被关进疯人院的，简直无所不包。为了避免动真情，马尔克斯居然生花妙笔，让轮渡上一个幻影般、根本无从确定和指认的女人收留了阿里萨的童贞，从而避免了"初夜最难忘"这种尴尬。更有意思的是这些女人出场的先后顺序：阿里萨年轻时出场的都是经验丰富的少妇，给予他无限柔情和教导，到了老年却给他安排了一个孙女辈的未成年少女，这名少女和阿里萨年轻时一样有着偏执和疯癫的气质，因为对他狂热的爱而自杀了——这简直是一个男人所能享有的最完美的人生。更完美的是，这六百多名女性并没有使他背上浪子和渣男的骂名，反而显得他更加痴情和专一。有那么几次，他和她们已经产生了爱情，可对费尔敏娜的爱战胜了一切犹疑；在听到乌尔比诺医生死讯的同时，他就拒绝了豆蔻少女的求欢毅然开始追求年逾七旬的老妪费尔敏娜。事实确实如此，假如他这一生只睡了五十人难免成为渣男，然而，六百这个史诗般的数字却成功使他成为一个痴情汉——数学真是奇妙。"我睡了多少女人来试图忘掉你！"这是情话，"心房比婊子旅店里的房间更多"这是实话。

一个人选择婚姻，在一个男人身上演绎爱情，一个选择不婚，在众多女人身上归纳爱情，费尔敏娜和阿里萨选择了完全不同的生活形态。在经历了一个女人可能有的最安定幸福的婚姻之后，费尔敏娜居然还有机会体验放纵的、任性的、包含性的另一种爱情方式，她不顾子女的反对，不顾孀居的身份，不顾可能面临的名誉风险，踏上了一趟爱情之旅；阿里萨一生纵欲纵情、身上摊着几个无辜女人的性命，居然有机会在生命的尽头鸳梦重温，在一个女人身上体验灵与肉的统一。两人都没有任何遗憾，都没有错失任何人生乐趣，这圆满让人措手不及，好比看法国文艺片却来了个好莱坞式的大结局，能不能不闹，你可是马尔克斯！

马尔克斯说，再年轻几岁他写不出这本书来。我很能理解。年轻时是不信的，年轻时写决绝, 写分离, 写负气, 写残酷, 写遗忘,

爱的信与不信　　131

写现实，最不爱写的就是童话。我不信阿里萨那伤感的抒情主义在失去荷尔蒙的支撑之后能够在五十载岁月之中不干涸，我不信六百名女人的积累不会在他身上引起某种本质性的变化，我不信蓦然回首那人却在灯火阑珊处，我更不信他归来仍是少年——说到底是我不年轻了但又不够老。纯情最是少年时，而老了更像小孩，否则哪来"老房子着火没得救"这种说法。年少与年老时，生命都只属于自己，不管是因为天真，还是因为阅遍风尘返璞归真，他们都信。

爱情对抗死亡

创作《霍乱时期的爱情》时马尔克斯已经58岁了，这是一部以爱情为名但却无处不在书写死亡的作品。小说以赫雷米亚·德圣阿莫尔离奇的自杀为开端，他隐秘的情人帮助他完成了这次自杀，原因是这位传奇、神秘的象棋高手恐惧衰老，于是选择在尚未衰老到羞惭的时候结束生命。接下来是乌尔比诺的诗，马尔克斯给了他一个冗长的、可感可见的衰老过程作为死亡的先声。这个过程可能比死亡本身来得更为隐秘而惊悚：焦虑，失禁，失忆，失聪，困倦，失眠，生命的活力加速从他身上褪去，死亡的脚步渐渐到来，马尔克斯宅心仁厚，给了他一个滑稽的死亡方式保存了乌尔比诺医生的尊严和荣耀：抓鹦鹉时摔死了。还有更好的方式吗？难道要他死在插满管子的重症监护室里吗？

阿里萨的爱情充满死亡的味道，狂热的爱情在他身上激发的反应正如霍乱，得不到回应的爱情让他吐绿水，发高烧，神志不清。他可以为爱而死，然而他的爱情最大的敌人也恰是死亡。"朝我开枪吧！没有比为爱情而死更光荣的事情了！"面对费尔敏娜父亲的阻挠和威胁，强化爱情的方式居然是借助自愿赴死的决心和勇气。但他的爱情面临最大的威胁也恰恰是死：费尔敏娜去旅行时阿里萨最大的担忧就是她是否会染病而死，而他自己也无法与秃顶、衰老、迟缓等各种死亡前兆做斗争，他必须保证自己活着，在坚定了自己爱的信念之后，世间没有谁是它的敌手：费尔敏娜的拒绝、结婚、怀孕、生子、幸福的婚姻、婚姻的痛苦等等都不能成为这段爱情的阻碍，只有死亡才能构成实质性威胁。而最终帮助了他的，又恰恰是乌尔比诺医生的死亡，他的丧钟敲开了阿里萨通往幸福的大门——阿里萨时隔五十年后第一次表白居然就在葬礼当场。

费尔敏娜从年轻时期就清晰地知道阿里萨狂热的伤感和矫情的诗意，并不能打动自己，甚至令自己厌恶，但乌尔比诺的死亡给她带来了无可比拟的影响，她眼睁睁看时间溜走了，丈夫衰老死亡，孩子们长大后满腹偏见，亲爱的表姐胖大臃肿，故乡已经不是她记忆中的模样了，只有她自己赤手空拳等待死亡。而唯一不变的是阿里萨的狂热：他追求她甚至还沿用五十年前写信的方式。与其说她在五十年后又爱上了阿里萨，倒不如说是爱上了那重现的年轻时光，一种怀旧，阿里萨的偏执使这种本应沉淀于记忆深处的倾诉豁然可见，阿里萨就代表着她的青春往昔，而阻挡时光的唯一手段就是对往昔的回忆。她意外地从时间的铁律里脱身，获得了一份馈赠：那就是在耄耋之年仍旧能享受的热情、自由和活力。

马尔克斯用死亡来描摹爱情，又用爱情来消解死亡。死亡的强烈和毁灭感，确实在一定程度上几乎等同于爱情的力量，这种极致的情感导致了很多胡言乱语，比如为爱而死，不爱毋宁死，也导致了很多疯狂行为，比如失恋真的会自杀，会致郁，会造成严重的生理心理后遗症。这我都相信，虽然不一定赞同，但相信确实有人抱持着这样的爱情观和生死观。我不信的仅仅是后一种，那就是单靠爱情就能填补生命的意义空洞。

阿里萨聪明勤勉，博览群书，多才多艺，没人会怀疑他将会度过辉煌、多彩和成功的一生，但在遇到费尔敏娜之后，他人生的目标和内容迅速压缩到极简：得到她的爱情。为此他耗费了他的一生，当然了，这期间他成为航船公司的管理层，但那仅仅是因为他是公司所有者的私生子，而他又认为自己应当在身份、地位和财富上与赫尔敏娜相匹配，他的身份没有让他做出什么超乎常人的努力就坐享其成。除此之外，他只是漫无目的在各个女人之间漫游，从一个到下一个。这种人生当然具备了一种观赏美感，我们可以把无数褒奖之词附着其上：有毅力、痴情、锲而不舍、坚持不懈、坚定不移，但这一切都不能解决一个事实，那就是这仍旧是充满悲剧感的人生，他本可以是另外的模样，不一定更幸福，但一定更丰富。

王菲有首歌叫《天使》，里头有句歌词叫"我不相信一瞬间的勇气我只接受一辈子的约定"。阿里萨有能力将"一瞬间的勇气"拓展成"一辈子的约定"，这个能力是马尔克斯赋予他的强设定，这种设定带着强烈的童话色彩，因为它执行起来如此之难，这么说并非基于乡愿式的鸡贼，而是恰巧是对自身限度的了解和坦诚。与《霍乱时期的爱情》中阿里萨交相辉映的痴情女主人公，应该是《一个陌生女人的来信》中那个连姓名都没留下，但真真实实没有敌过死神的女人。她的一生除了完全忘记了她的男主人公之外，一无所有。在她仅有的生命中，就是一次接一次与连她姓名带样貌悉数忘记的男作家的相遇和分离，她奉献的不仅仅是她的生活还有孩子的性命。生活确实就在不为人知的地方展开又消亡了，对男作家的影响，仅仅是一个花瓶空空如也，因为女主人公和他们的骨肉已经死了，她不会再像往年那样送来鲜花而已，最令人疼痛的是她最终也仅仅被称为"一个陌生女人"。

每个人对自己都有些狠心思，比如发誓永远爱一个人，或者恨一个人，但最终的结果，都是你会忘了这个人。人到中年我觉得这真算生命的馈赠，在尽头它设立了"死亡"，在路上它就给你"遗忘"。我不爱看传奇，大概人人都希望别人活成传奇，

爱的信与不信　135

去经历艰难坎坷的一生，以供后人或抖着脚或流着泪来咀嚼这传奇——这个姿势我多少觉得有点可疑，当然，也并非质疑他人拥有我没有的长情和毅力，而是总体来看，我更看重在遗忘中获得的新生。

人生无意义，这让人十分痛苦。所以我们要构造出来一个意义来安抚自己，否则日常生活的焦虑和痛苦会无法缓解。有些人依靠名利，有些人依靠权势，有些人走遍名山大川，有些人扶助弱小，有些人经营家庭，有些人开创事业，但所有这些之中，没有哪一件比追求爱情更虚妄。这么说太冒险了，毕竟现代化以来爱情是人唯一能够充分发挥自由意志的场所，它只和一个人的内心有关，而不需要任何客观条件的加持和辅助。爱情不需要配合，不需要妥协，不需要仰人鼻息，它甚至不需要什么成本——阿里萨的爱情自己默默保有了五十年而新鲜依旧。马尔克斯是信的，他认为除了爱情没有什么能对抗死亡，而我不信，我为这不信感到不安，但我不能撒谎。

即便相信也得有个结局吧。阿里萨和费尔敏娜的航船无法回到港口：费尔敏娜厌倦了等死的生活，阿里萨也在逃避因他而死的少女的处理事宜。马尔克斯给了他们童话般的结局，他们的爱之船挂起了标志霍乱的黄旗，在马格达莱纳河上来来回回的游走并打算永不靠港——但事实上到来的会是什么？当然是死亡。

《蒂凡尼的早餐》

Breakfast at Tiffany's

浮华世界的荷花梦

7

《蒂凡尼的早餐》

浮华世界的荷花梦

瘦，但强健

一九六一年的同名电影，制片方原本想请玛丽莲·梦露出演《蒂凡尼的早餐》里的霍莉，但梦露拒绝了，具体的原因我没有查阅，众所周知，最后定角的是奥黛丽·赫本，电影也成了一九六一年最卖座的电影之一。电影和小说我都看，可以负责地说，乔治·阿克塞尔罗德（他的另外一部名作是《七年之痒》）执导的这部电影和卡波特小说中的"霍莉"基本上是两个人，非要说二者有共同点，那就"瘦"。

一九五八年的纽约，姑娘们就流行瘦了。不但流行瘦，还流行养猫、星座、抽烟、不婚、焦虑、内心崩溃、寻找蓝颜知己以及在纽约"追寻梦想"。霍莉就是这样一位姑娘。在楼上那个同样讨生活的落魄男作家眼里"她的体态……跟上时髦风气瘦的可怜"。霍莉的老丈夫，那个老实巴交的乡村医生来到纽约时，看到她是一个瘦的可怜的十九岁女孩："他们不给你吃饱吗？你这么瘦。"

奥黛丽·赫本很瘦，她老年的照片显示她瘦了一辈子，但玛丽莲·梦露性感的胸围很难让人不将她物化并消费她，把她当做女神而非活人，不在乎或拒绝接受她除了美貌之外还有智商和自我，这当然是积极意义上的理解，毕竟我们很难想象雅典娜或阿佛洛狄特也需要看很多深奥的书，或坚持防晒、保养、微整形。梦露有很多照片显示其手不释卷，居然有乔伊斯和阿瑟·米勒，梦露还和文学界名人有往来，包含卡森·麦卡勒斯和卡波特——这直接损害了她的魅力，或许她的经纪公司想达到相反的目的，但"有智慧"的人物设计损害了她原本毫不费力的美。简单是种与生俱来的魅力。

霍莉就非常简单，她特别瘦，这种瘦必定会被赋予诸多涵义，如：她浮华却不贪婪，性观念很开放但不纵欲，她缺钱然而很慷慨，她抽烟喝酒但是很少吃东西。她是个极简主义者，体现在身体上就是非常瘦。

但这样瘦的一个女孩，却出乎意料的强悍，卡波特从各种角度展示了她的经历，听起来非常残酷：霍莉小时候父母先后病死了，她与哥哥被四处寄养，寄养家庭无一例外都相当糟糕，连吃饱肚子都无法保证。偶然寄养到一名善良的老医生家，为了他的善良就嫁给他了，当时她才十四岁。长大了的霍莉逃跑奔赴纽约，在纽约一无所长，因为漂亮当了伴游女郎，不想当明星而一心求嫁，后因与毒枭有瓜葛被捕，面临十年牢狱之灾，心爱的哥哥死了，她流产了，未婚夫抛弃了她，她弃保潜逃去墨西哥求生存，最后缥缈无踪，人们似乎在非洲见到过她。

这种经历，听着很有戏剧性，但真砸到谁头上过起来都是举步维艰，霍莉凭借她简单的力量一关关都闯过去了。没饭吃就偷，衣食无忧之后，她也带着"我"去商场偷东西，"目的是别让我的手生疏了"。这是个街面上长大的孩子，懂得怎么愚弄好色又吝啬的富商，如何躲避醉酒无德的男客，如何在抢她风头的女伴背后放冷枪，懂得利用女性身份来讨得一点无伤大雅的好处，她看得出两个富翁之间的区别，谁能得罪谁能嫁，下决心当个好太太之后她会织毛活、做饭、养花，为了能嫁到巴西，从来不看书、写得一笔烂字的她居然泡图书馆，学葡萄牙语，了解风土人情，她能临危不乱救朋友的命，也能果断弃保潜逃，在墨西哥寻找富豪战天斗地求生活，面对未婚夫的抛弃她保留了尊严，坚持涂好口红化好妆，流产了躺在医院，还面临着牢狱之灾，却叼着体温计对"我"说："帮我一个忙，亲爱的，打电话问一下《时报》或者不管什么地方，给我弄一份巴西最有钱的五十人名单。我不是开玩笑。五十个最有钱的人，不管什么种族或肤色。"这种女人属于耐寒，耐旱，耐贫瘠，轻易死不掉。

霍莉是个瘦得非常强健的人，抓一把烂牌她也要凭一己之力打好。后悔是人之常态，但霍莉没后悔过任何事，她尽了最大努力，所有在她掌握中的资源她都用尽了，而且是以一种道德和体面的方式。卡波特写霍莉，说"她的身上有一种几乎像早餐麦片那样的健康气息，一种像肥皂和柠檬那样的清洁，双颊红彤彤的显得十分结实"。和漂亮姑娘对应的美大多是鲜花的美，因为花美得全无用处，既不能填饱肚子，又不能丰富家资。整本《聊斋志异》里就全是花妖，没有一个粮食蔬菜水果变来的美女，整本《红楼梦》里，种瓜菜的是婆子下人，醉卧芍药魂化芙蓉的都是姑娘小姐，吹一吹就倒，碰一碰就碎，动不动就捂胸口吐血，在知识分子的审美中，有用就落了下乘。可霍莉是从美国南方的地里长出的庄稼，有强健的生命力和简单的生命态度。她的美好切实可感的，清洁得像肥皂，像柠檬，都是诉诸简单的感官就可以把握并确认的事实，而不是沉湎于抽象的概念，或她置身于语言的迷宫进行复杂化以便以美化，卡波特也直接写出这种简单（或肤浅）又强健的魅力。

蓬勃，但无根

十九岁的霍莉过得很热烈：半夜回来，带着或不带着男伴；

经常同巨富一起上报纸被称为"波士顿名媛"；出入纽约高级饭店，出手豪奢，在自家公寓里开party登门者云集，来往的人中间有著名作家、外交官、模特、好莱坞经纪人、黑手党、律师、巨富、演员、海军军官、空军上校，她有办法召集起这些人，更有办法让这些人和睦相处甚至愉快万分。她将一颗巨大圣诞树搬进小小的房内，她在中央公园骑马，每周四去监狱探望大毒枭，买极贵的花束、鸟笼送给心爱的朋友，去远处旅行，学葡萄牙语，带着老实巴交的小作家去大百货公司偷东西，她弹吉他唱歌，在高架铁道下面被几十号人围着在鹅卵石路面上跳舞——并不是任何一个十九岁的女孩都有机会和能力见识这样的世界。

但霍莉却始终活得像一个梦。她有一间公寓，但房间里空空如也，"仅有的家具就是手提箱和没有打开的木板箱"，"她的卧室同客厅是一致的：永远有一种露营的气氛；木板箱和手提箱，什么都收拾好了，随时可以动身，就像一个罪犯心里明白警察已经盯在身后不远，因此只带一些随身衣物"。霍莉每日进出房间，宴请宾客，招待朋友，在浴室洗澡，在窗口外的防火堤坐着吹干头发，男邻居既爱又恨她，而女房客们则讨厌她，她爬防火梯躲避讨厌的男客，在楼梯里遭遇小作家、老丈夫、经纪人、情敌、警察、爱人——但她从来没有和她的房间发生实质的链接：东西很少，随时启程。在楼下信箱的名片格里也清楚地写着："霍莉·格莱特利小姐在旅行中"，她并没有外出旅行，同样的意思有句古诗描述的很贴切"人生天地间，忽如远行客"，生活就是客居，无论在哪里都是游客罢了，所以她的居所保持着"搭深夜航班的气氛"，虽然聚拢的人群随时都会散去，人人都是过客。

霍莉有一只猫，但是她拒绝给这只猫起名字，认为那便会建立一种所属关系，"可怜鬼连个名字都没有。她没有名字，有点不方便，但是我没有权力给它起名字，它得等到了属于什么人以后。我们是有一天在河边碰到的，我们谁也不属于谁，它是独立的，我也是独立的。"这只猫身上确实有霍莉的人格投射，它很漂亮，却始终没有名字，它虎虎生威喜欢作弄来往的宾客，但是它最终还是和霍莉分开了：她被卷入官司，确定弃保潜逃飞去墨西哥，在奔往飞机场的路上，在一处"野蛮、花哨又阴沉的地段"霍莉将它放生了，"你看怎么样？像你这样一个坚强的家伙，这地方应该很合适。垃圾箱，耗子，有的是。还有不少野猫跟你作伴。去吧。"

类似的标识不胜枚举：她从来不带钥匙，带着也找不到；有钱却始终把居所保持为露营的气氛；巨富想娶她却不置可否。这当然和她从小流离失所、颠沛流离有关系，不停被送往各处寄养，客居才是她的常态，所以她尽量不和人与物建立连接，保持独立也意味着选择了孤独和寂寞。而生活始终发生在别处，她将这种感觉描述为"发毛，你感到害怕，直冒冷汗，但你又不知道怕的是什么。只知道反正有什么倒霉的事情要发生了",小作家则帮她找到了正确的词语:"焦虑"。为了对抗这种焦虑,她尝试过喝酒、滥用药物和吸毒。焦虑的培养皿并非"复杂的思考"或"纠结的内心",霍莉甚至都不知道"焦虑"这个词怎么拼,但她感受到了,任何想对生活负责的人都无法避免焦虑,她和猫儿一起晒太阳日子会唱一首歌,歌词叫"不想睡,不想死,只想到天际的草原上去漫游",一直唱到暮霭四合,万家灯火。

无家可归,总会是某些人的宿命。每一天都有无数人离开家乡来到大城市,那些有确切追寻的人,结婚买房赚大钱,得到了想要的生活时心也就得到安放;那些迫切逃离旧生活的人,离开就是目的。而霍莉既没有确切的追寻,也无所谓逃离。在家乡有爱她的老丈夫,她吃得饱穿得暖连家务都不用做;在纽约她有机会当电影明星,有机会嫁给巨富,但她都放弃了,即便这是任何一个纽约伴游女郎梦寐以求的结局,但显然那不是她想要的。她想要什么呢?自由。自由在哪里呢?也许在巴西,也许在非洲,她的身体在纽约东七十几号街的褐石楼房内,但心灵却一直"在旅行中"。

浮华,但纯真

霍莉是浮华世界的女孩,不是情窦初开的大学女生,不是未经世事的职场新鲜人,十九岁的年纪有过十一个情人,还不算十三岁以前的。甫一出场，就因为一个中年男人的吝啬而老实不客气地将他拒之门外，她知道自己市价几何。她衣着讲究，在高级饭店都待得厌倦了，"男人不到四十二岁，我是不会动情的"，那她是不是在审美上就是喜欢成熟型的呢？当然不是。"我是硬着头皮把自己训练成喜欢年纪大的男人的"。二十世纪五十年代的纽约和今天我们所处的世界并无不同，巨富皆中年，霍莉并不是傻姑娘，她具备一切混场面人的嗅觉和行为模式，在得知"我"籍籍无名，就主动大包大揽要介绍好莱坞的名流给他，但事实上，她认识的无非也就是她的经纪人罢了。她很聪明，知道拉斯蒂这样的巨富不能嫁，因为他险些用刀子捅她，就把目光锁定了女友的男朋友，一起旅行后，女友怀疑她睡了巴西外交官（当然），姐妹因此失和，但这位姐妹一点不比她更清白，老实不客气地抢走了她的富豪。霍莉在世界上追寻的梦，并不是爱人清贫到老与世外桃源的，而是在蒂凡尼珠宝店吃早餐。她当然漂亮，但纽约漂亮姑娘太多了，一辈子在餐馆当女招待也不意外。她有野心，有手段，有经验，远不是奥黛丽·赫本呈现出的那个清纯少女。霍莉的头发五色缤纷，眼睛的颜色变化无端，她情绪化，作为演员相当不靠谱，"不论你怎么为她伤脑筋，他也不知好歹，反而端一盘马粪给你作为回报"。她在西海岸的赌场一夜能赢一万美元，女友称她为"好莱坞贱货"，深夜扰民，被邻居骂道"真不要脸！到别的地方卖淫去！"

霍莉要是你的邻居，她就是一个问题，太吵，但霍莉如果是你的朋友，她就是一个宝贝。整本书里，没有一个人不爱霍莉，无论是屡次被骚扰的日本邻居汤濑、脾气相当不好的酒吧老板乔·贝尔、挖掘霍莉的好莱坞经纪人Ｏ·Ｊ·贝尔曼、被称为福瑞德的小作家邻居、巴西外交官，那些被她接受或拒绝的男客们，甚至是那个被她抛弃的老医生，无一例外全都喜欢她。当然不仅仅因为漂亮，而是她身上有种特别不和谐的调性，作为一个纽约高级伴游女郎尤其不应该有，那就是纯真。

霍莉严格来说是已婚的，她结婚的原因很简单，因为对方善良："唉，我是没有办法呀。你知道，大夫真的爱我，而且我也爱他。你可能觉得他是个糟老头，但是你不知道他心地多么善良，他能使小鸟、淘气鬼等弱者有信心。无论谁给了你信心，你就欠了他的情。我总是为大夫做祷告的。"霍莉所谓的爱，包含着"恩"，她和哥哥在颠沛流离中被医生收留，作为报恩她嫁给了他，这是一种非常朴素的情感，按照世俗的衡量，这样的施与受是失衡的，毕竟两者的差价太大，霍莉离开大夫并不是意识到这种差价，而是仅仅能够衣食无忧的生活并不能满足她。

给霍莉当经纪人也是噩梦，Ｏ·Ｊ·贝尔曼用尽办法给霍莉安排好了电影试镜，霍莉却跑到纽约去旅行，贝尔曼为她掉过眼泪，得罪过人，花了大价钱培训她，但最后却什么钱都没赚到，花了大价钱把霍莉保释出来，她又弃保潜逃了，可他始终都爱霍莉，"我真心喜欢这个孩子,我是个情感细腻的人,所以才喜欢她。你只有自己情感细腻,才能欣赏她;她有诗人的气质"。他认为霍莉是个"疯子",放着富豪不嫁(因为她不爱他),好莱坞的明星也不当(因为她不爱当),和这些瘪三混在一起,最大梦想是带着心爱的有智障的哥哥住在大海边——在他看来,一个漂亮年轻的姑娘有这种观念,就叫不务正业,不好强,挂不上挡,赶不上趟。霍莉称他为窝囊废,因为贝尔曼无法离开她,却又无法改变她。贝尔曼看过浮华世界,看过无数好莱坞的漂亮女孩吞药自杀,他知道霍莉与众不同,这种面对名利时始终清晰的自我,懂得拒绝,从来不肯为了富贵把内心的自己掐死:

"既要做明星,又要有强烈的自尊心,这本来可以同时做到的,但是实际上你却必须放弃自尊心,放弃得一点不剩。我并不是说,我不要钱,也不要名。这是我追求的主要目标,我总有一天会达到目标,但在达到的时候,我愿意自己还保持着自尊心。我希望有一天早上醒来在蒂凡尼吃早饭的时候,我仍旧是我。"玛丽莲·梦露有句名言,说你可以拥有世界上的一切,只是不能同时。霍莉当然不是因为自卑或懵懂而错失机会,她头脑非常清晰,好莱坞女明星的生活不是她想要的,即便名利双收,但那必须要拿你自己的尊严去置换,而当一个人没了尊严,她就谁也不是。这对她是不可接受的。

人普遍会有一种心理,叫"我可以做到"。面对权力和富贵,很多人都认为，有人陷落是因为他们心智不成熟，意志不坚定，人格不健全。为何当了明星就不能保持尊严了呢？别说泼天的富贵了，仅说基本的温饱吧，一个人为了得到它能把自己异化到什么程度，难道我们没有因此丧失了几乎全部自由？"上班"这件事几乎是一切行动的阻碍，同时也成了一切安全感的来源。霍莉的纯真来源于她不认为名利值得用尊严来换取，这就是贝尔曼说她像个诗人的原因。尊严到底价值几何，他们为了捧她做明星，甚至花钱给她看心理医生，企图强迫她放弃这种念头，当然他们失败了。

霍莉喜欢钱，但她不在乎钱。她自己住的非常简陋，但为了给小作家送礼物她无所谓花大价钱。每周四去监狱探望黑手党头子托马托，也不是为了钱，那要占掉一整天的时间而且价钱也并不高，她之所以答应去探监，原因是她一直爱他，"我没法拒绝，这太罗曼蒂克了。"最后她被捕入狱时，坚决拒绝出卖朋友，"也许我是一个烂透了的女人，但是，要我作证控告一个朋友，我决不干"。她在纽约多年一无牵挂，哥哥死了，房子是租的，未婚夫跑了，孩子流产了，猫扔了，可在逃亡之时，她坚决要带上小作家送给她的圣克里斯多夫像章，那是他用尽积蓄在蒂凡尼给她买的礼物，这是一份珍贵的情谊。

霍莉简单，但不鄙陋。鄙陋的人生只需要名利就能满足，她丰富的内心却总是做着最简单的选择。霍莉从不说"身不由己"

或"别无选择"。她的悲惨出身，漂亮容貌，唾手可得的机遇，人人可见的浮华世界，都允许她为自己开脱来回避真正的人生问题。但她却选择在通往名利之路上调转车头，绝尘而去，这需要多纯真的心灵，多简单的自我！自由只在选择之中，一个人说出"我别无选择"之时，就是选择了放弃自由甘愿为奴，这当然谈不上不道德，甚至无可厚非，但从此她就不能再要求被人理解、尊重和同情。霍莉是浮华世界的叛逃者，在她没有念过书、缺乏良好教育的心灵里，尊严和自由比任何浮华都更有价值，她跳上暴雨中的飞机飞到地球的另一边去了。

美丽，但野生

霍莉漂亮，每个见过她的人都会爱上她。她是个高级伴游女郎，会在大桥下和不认识的人跳舞，也会在高级酒店里和巨富们百无聊赖的待着，会养花做饭，也会把全城的熟人叫来开舞会，她有她的方式，但从来不属于任何人。拉斯蒂·屈劳勤用钱，O·J·贝尔曼用名利前程，老医生用安稳无忧的生活，小作家用真诚的爱，还有那些珠光宝气的男男女女用喧嚣和浮华，都没有使她迷失，她自始至终忠于自己——"你没法劝她放弃这些念头""她真的相信她所相信的一切"。

她有"一只像老虎那样长着红条纹的公猫"，这只猫不和任何人亲昵，哪怕在霍莉的怀抱里，"这仍是一只阴沉的猫，脸部像海盗一样凶狠，一只眼黏糊糊，是瞎的，一只眼炯炯发光，令人感到行为不端，深沉莫测"，卡波特把这只猫写成了蕴含在霍莉体内清醒的自我，它没有名字，也不太像个宠物，始终像个野生的。

霍莉家里乱糟糟的，但她总能找到她想找的东西，她的头发五色缤纷，总那么漂亮。她不准备过多的家当所累，随时可以拎包走人。她不但保持着兽类的生活模式，而且脑子里似乎没有任何成见：感激老医生就和他结婚，但对婚姻的认识也很明智"人家叫你某太太，好像就是抬高了身份，不对！"。身在保守的二十世纪五十年代，她却对同性恋没有任何成见，认为爱不分性别；她并不歧视监狱，甚至喜欢探监时的气氛，妻子打扮的得体，孩子们干净整洁，一家人隔着柜台有说不完的话。她甚至也对法律表示不屑，当警方想要让她转为控方证人时，她宁可面对牢狱之灾也不干这件事，"我的衡量标准是别人怎么待我，萨利人不错，我宁可让那胖女人早些把我抓走，也不愿帮助警察给他判刑"。

她毫不讳言自己喜欢蒂凡尼珠宝店，事实上却又对钻石没兴趣，她喜欢的仅仅是那里的安全感，"你在那里不会发生非常不幸的事儿……要是我能在实际生活中找到一个和我在蒂凡尼感觉一样的地方，我就会买些家具，给这只猫起个名"。一切坚固都将烟消云散，人心似海，世事如谜，除了物质能给人带来安全感，还有什么呢？卡波特时代的纽约如此，我们的时代依然如此。她被悲惨的生活围猎过，始终会去偷东西保持技艺不生疏。金钱和物质带来的安全感，是她逃离焦虑的唯一办法。

霍莉不喜欢动物园，花巨资送给小作家买他喜欢的鸟笼，也严禁他在里面圈养任何活物。深爱着她的老医生，为她驯养了一只乌鸦，但最后它和霍莉一样野性发作，飞走了。霍莉则认为医生不应该爱上"野东西"，"你不能把心掏给野东西：你越是那样，他们恢复得越快……要是你爱野东西，你最后只有抬头望着天空的份儿"。霍莉心存内疚，可又无法违背内心，她不属于南方乡村衣食无忧的生活——行文至此我突然想到，美国的霍莉就像出走了的包法利夫人，她俩都曾经嫁给木讷善良的乡村医生，一八五〇年沉重的爱玛走了一百年成了一九五〇年轻快的霍莉，她们依然清丽漂亮，依然无法放弃生活在别处的迷茫，那格格不入的天真，却依然是别人眼中的悲剧人物，但霍莉永远不会自杀，活着是野生动物的本能，活着就是霍莉的本能。

那只有着红色斑纹的公猫被扔在"野蛮、花哨而又阴沉"的西班牙街区，像是霍莉被命运扔进了陌生而遥远的巴西，她是否活着，过得好不好，是否找到梦想中有尊严、有自由、有安全感的生活？卡波特也不知道，他把它写得言之凿凿但又扑朔迷离，真假难辨。但有一点作者和读者都坚信，那就是霍莉会活得很好，她生而自由的天性无法改变，她强健的生命力能在任何地方活得虎虎生威，正像文章结尾处，"我"到底又找到了那只被抛弃的猫，它活着，而且找到了家，"它坐在一间看上去很温馨的房间的窗台上，两侧是盆栽的花木，还挂着洁白的挑花窗帘。我不知道它如今叫什么名字，但它肯定已经有了名字，找到了归宿。"

浮华世界的童话

卡波特二十一岁就爆得大名，成为时尚界最受欢迎的作家，出入众多上流沙龙，结交无数名流，时尚中人的身份甚至超越了作家身份，《冷血》出版后他为了犒劳自己，邀请五百位名流参加一场假面的黑白舞会，来宾包括诺曼·梅勒、米亚·法罗（当时她还是辛纳特拉的太太，还没有和伍迪·艾伦相爱相撕），还有华盛顿邮报出版人卡特琳娜·格拉汉姆和总统的女儿——据说这场舞会的灵感来源于《窈窕淑女》的场景，蒙面而且身穿黑白二色——总之，霍莉就生活在卡波特的世界里，《蒂凡尼的早餐》就是他身处的浮华世界的倒影。

这样的世界常人难以接触，但在越战之前的二十世纪五十年代，霍莉居然和一个籍籍无名、等待飞黄腾达的小作家共租一栋公寓，这样的设计当然是童话式的。霍莉的美貌，难以置信的机遇，戏剧性的经历（与黑手党的瓜葛），都令人称奇，但不可否认，浮华是每个人都会做的白日梦。据说此小说一出，很多上流社会或正在拼命挤进上流社会的姑娘们都心有戚戚，都认为霍莉就是自己。什么使得她们产生共鸣呢？是无根的生活？是纯真的天性？是追求自由的心，还是在名利场上败下阵来时聊以自慰的"诗和远方"？

卡波特一生结交名流，最后却因实名描写名利场的众生相而被整个上流社会排挤、抛弃，一九八四年他因为吸毒过量死在友人家中，时年五十九岁，距《冷血》出版已经过去了十七年。十七年来除了酗酒吸毒、穿梭时尚名人界、上电视接受采访之外，他一本像样的书都没写出来。卡波特少年时期同霍莉一样被四处寄养，敏感、复杂、多思，这些品质对于想成为作家的他来说是优势，他也确实没有辜负自己，少年成名也是他应得的。但同时他似乎一生也没处理好自己的悲观和厌世，尤其是在为《冷血》投入那么多心力之后。但一九五八年的卡波特还没有走进暗处，他给了霍莉另外一个方向，另外一个出口。她在浮华的大海中以自己为锚，保持简单，保持纯真，保持乐观，不卑不亢，百折不挠。卡波特做出了选择，他的路上是红毯、香槟、闪光灯、沙龙、派对、名利、毒品、八卦、焦虑、酗酒和死亡，他的一生相当精彩，写出了《冷血》，时至今日都是犯罪片的典范，而《蒂凡尼早餐》留下的是一个逃离童年悲剧又未深陷浮华的卡波特，而霍莉就是他放生的那只无名的猫，终将会在世界的某处找到归宿，而辞演《蒂凡尼早餐》的梦露，同样在花花世界载浮载沉，连同她的美貌和死亡一起成为传奇。

《革命之路》

REVOLUTIONARY ROAD

道不同，不相为谋

8

《革命之路》

道不同，不相为谋

耶茨的小说《革命之路》发表于一九六一年，整部书本身充满强烈的政治隐喻，但半个世纪过去了，这本书倒是经常出现在"婚前必读书"系列之中——毕竟它是以一对中产夫妻的失败婚姻为主要情节。美国离我们太远，二十世纪五十年代也早已过去，时空远隔，想要设身处地体会战后美国中产阶层面对的高度现代化社会，以及由此带来的人之异化与选择的不可能，委实比较困难，说到底，那和我们有什么关系呢？但婚姻离我们很近，婚姻中的那摊子摆不脱的烂事跟我们谁还没点关系呢？

在文学中谈到女性和婚姻，总要谈到四本书《包法利夫人》《安娜·卡列尼娜》《玩偶之家》和《艾菲·布里斯特》。《包法利夫人》

如此成功，使得"包法利夫人"业已成为一个形容词，专门形容那些略有姿色、在安稳的婚姻生活中倍感乏味、自视甚高因此与众人格格不入的少妇，然而福楼拜的焦点并非婚姻，而是包法利夫人的人物模型，因为即便按照最苛刻的定义，包法利夫人的婚姻都很难说得上有什么不幸，对她也构不成什么实质性的戕害。《安娜·卡列尼娜》中的婚姻是作为婚外情的映照而呈现的，安娜的丈夫卡列宁位高权重，固然略无趣味，但众口一词批判他"虚伪""伪善""缺乏生命活力"也招致很多反感，核心意思是"作为丈夫卡列宁到底错哪儿了？"，这个话题的受争议程度直追"宝钗怎么就不如黛玉了"——你们遗世独立、追求自由，就不许我们宽厚务实、遵从法度了吗？你们的优越感到底哪儿来的？生活的经验之谈始终在试图超越审美领域的价值取舍。《玩偶之家》的立足点在于女性觉醒，是女权分析的典型文本，而《艾菲·布里斯特》所要批判的是容克贵族的虚伪，严格说来是一本社会小说。这四部作品里"婚姻"是作为"人物的属性"被描述的，它本身并不具有独立性。

《革命之路》则完全不同，它的重点不是写女性（当然不可避免的要写到女性），而是所有的笔墨始终聚焦在"婚姻关系"。它展现的不是"形象"，而是"关系"，人物的行为也旨在呈现这种关系。十九世纪的社会形态导致了夫妻双方无法处在对等的关系之中，我们谈论包法利夫人和安娜·卡列尼娜时总感觉在讨论古代人，她们等级森严、穿戴烦冗、没有工作权、也不具备什么避孕措施——她们的悲剧很大一部分是社会悲剧。假如包法利夫人有一份工作来安置自己过剩的期待和精力，闹不好也是一代女强人，安娜·卡列尼娜身上的生命力、行动力和情感能力，搁在当代毫无疑问也会大有作为。个人能在婚姻家庭之外寻求生存的方式和生命的意义，这对女性是一个巨大补救，自由体现在选择之中，或许婚姻和家庭始终是女性的首选，但没有这个选项，自由的呈现方式几乎都是破坏性和毁灭性的。

但《革命之路》中的婚姻已经具备了今天所熟知的、有关现代婚姻的基本要素：法律保证齐备、社会约束很小，不涉及阶级和等级、自由恋爱、男女都受过教育，抛开男权社会这种具有历史性的因素，和十九世纪相比此时的婚姻关系已经相对平等自由，和今天的婚姻形态已经非常接近。这也是为什么这本小说到今天读起来依然触目惊心——这样的婚姻如果出了问题，这问题就只和你有关。

妻子爱波二十九岁，"金发碧眼，身材高挑"，丈夫弗兰克三十岁，"长相俊美，但不是那种非常惹眼的类型"。丈夫在城里金融街上班，妻子生育后在家带孩子，像所有二十世纪五十年代中产夫妻一样，两人住在郊城一处漂亮的社区，养育着一对小儿女。先生每天按时上班，下班陪孩子，到了周末与邻居聚会、参加社区活动或者整葺花园,太太带孩子、操持家务,参与社区活动,打理先生和孩子们的衣食住行——这是你在美剧《绝望主妇》中会看到的生活,那些郊区的独栋住宅,那些漂亮的园艺,干净的街道,人人都熟识,性格各异但穿戴精致的主妇们,在草坪上骑自行车的孩子们,客厅的落地窗看得风景,厨房则清洁明亮。这是典型的美国中产生活,说不上富贵但却体面,聪明的弗兰克和漂亮的爱波身居其中真是恰如其分。耶茨就拿这对看上去很美的中产之家开刀,剖开二人的婚姻,连汤带水掏出其中的杂碎给人看。

俗话说,婚姻是爱情的坟墓。这句话应该有个正确而积极的理解:应该庆幸里面至少还埋藏着爱情。按照常识,不管往地里埋点什么,任何东西,都不会毫无用处。我曾经在院子的葡萄架下埋过一条死狗,结果秋天时这颗葡萄喜获丰收,果实沉重,食之不尽。婚姻的底肥如果是爱情它至少会长势良好吧。爱波和弗兰克一见钟情,彼此吸引,他聪明周到,交游广阔,被人看重,她年轻漂亮,充满幻想,两个人风华正茂爱上彼此,你情我愿结了婚。这是一场几近完美的、没有原罪的婚姻。但是小说开篇第一场表现的是什么呢?

爱波作为邻居们组成的社区业余剧团里最专业的演员,在和这帮业余演员一道,给整个社区奉献了一场耻辱性的演出。演出令人如此尴尬,所有人都找不到合适的方式来谈论她。爱波,曾经的专业演员,被人委以信任的女主角,在聚光灯下和众目睽睽之中失败的无所遁形。小说正是以这样戏中戏的方式展示了爱波的困境:她孤立无援,备感羞辱。毫无才华的导演,蹩脚的灯光,临时替换的男主角,混乱的台词,失控的表演,把曾经就读于纽约顶级戏剧学院的爱波拖垮了,她矫揉造作,手足无措,厚厚的妆容已经开始垮塌,人人都替她感到难堪,大家都希望这烂摊子快点结束。

舞台上爱波的窘境正是婚姻中爱波的绝佳映射,虽然我们还不知道这窘境是什么,然而她在舞台上感受到的羞辱,在散场后以更加复杂多变的方式呈现出来,但其实质是相同的。满怀期待的丈夫弗兰克目睹了整个过程,散场后试图以丈夫的身份提供安慰和支持,但结果非常糟糕,二人陷入令人疲惫的争吵并以冷战结束。整个过程简单描述如下:

夫:"如果不是我劝你假如的话……我真应该听你的。"
妻:"我们现在能不能不说这个。"
夫:"这件事情不值得我们这样。"
妻:"你能不能不说话?"
夫:"让我抱抱你。"
妻:"你就让我自己一个人待着,好吗?"
夫:"我也受到了打击……你来到这里就把自己当成包法利夫人……你们的表演失败了不是我的错,你没有成为演员,更不是我的错……"

道不同,不相为谋　161

妻:"你就让我站一会儿,可以吗?"

夫:"我们难道就不能坐在车里好好谈谈?"

妻:"我说得还不够清楚?我不想跟你讨论这件事。"

夫:"你他妈给我站住!你知道每次你摆出这副模样,给人什么感觉吗?"

妻:"上帝啊,要是今晚你待在家里多好。"

夫:"你知道每次你摆出这副模样,给人什么感觉吗?你很病态!"

妻:"你很恶心。看看你有什么地方像一个男人。"

夫:"你太可恨了!"

妻:"哦。请问我们可以回家了吗?"

夫:"请你听我说,除了对不起,我实在没什么可说的了。"

妻:"请你不要过来。"

夫:"我只是想说我很抱歉。"

妻:"那真是太好了。现在你可以让我一个人待着吗?"

丈夫佯装积极主动,但发现自己力不能逮时立刻失去信心,恼羞成怒,抚慰变成攻击,并不仅仅限于言语上;妻子则冷淡、执拗,她牢牢捍卫私人领域,不允许丈夫进入半步。在"婚姻关系"中二人各有模式,但显然缺乏良好的互动和滋养。妻子受到的羞辱并不希求在丈夫处得到抚慰,她坚持自己处理。丈夫主动提供的情感支持,也并不以妻子的感受为标准,而是厌恶和恐惧他无法支配的场面,在二人的关系中他不能允许以妻子的情绪为主导,这让他真切地体会到对生活的失控,对他来说爱波是一个问题,他必须解决它。

同样性质的情况在多年前就曾出现过:爱波意外怀孕,虽然组成四口之家也是二人的愿望,但是这个孩子比计划来早了七年,弗兰克不得不面对这个难题。从诊所出来二人搭上闷热的公交车,爱波高抬着头沉默不语,弗兰克无法猜透她的情绪,但立刻陷入"你老婆不该给你脸色看,你不应该想方设法去讨好她"这种惶恐不安之中去。爱波打听好所有堕胎步骤后,通知了弗兰克,弗兰克大为恼火,二人争吵了整个晚上,"怒吼,扭打,摔椅子,从屋里闹到屋外到楼下到大街上,两人闹到一片废品回收厂的高篱笆旁",最终保住了这个孩子。但可悲的是:"而我根本不想要一个孩子",这才是弗兰克的真实想法。他拼尽全力要捍卫的不是爱情的结晶,而是他那被爱波的自作决定伤害了的所谓"男子气概","爱情""孩子""家庭"给他打了掩护,他得到了一个驯服的女人,她哭着道歉并答应生下这个孩子。"在弗兰克的生命中,还没有任何时候比那一刻更能证明他的男子气概"。然而,这样的男子气概是要付出代价的,"孩子们的声音叽叽喳喳地在耳边响着,像小虫子那样慢慢地折磨人"。

剧场演出的失败,弗兰克再次面对这样的窘境,他潜意识里认识到爱波不快乐，但他如此恐惧面对她的不快乐，因此先声夺人，试图阻止她直面、思考和反省这不快乐的根源。他将这失败归咎于导演、演员，甚至自己，仅仅是因为生怕爱波说出那与剧场演出根本无关的事实：她厌恶这虚假的生活本身。虚假的生活本身就是一场失败的演出，充满自以为是的重要感、孤立无援的绝望和失败后的自我安慰。生活如果更加容易忍受，仅仅是你不曾在聚光灯下被细细打量，生活中人们学会了用愤世嫉俗、冷嘲热讽、自欺欺人来逃避和虚假生活的对峙，但在舞台上一起都无所遁形，让人难堪的并非观众——事实上，演出的失败对于他们打击更大，舞台上装腔作势的是他们的丈夫、妻子、邻居和亲人，观众们必须要承受弗兰克同等的角色，即目睹他们的失败，而又努力阻止它变成对生活本身的反思，这个任务也很不轻松，弗兰克的恼羞成怒就是一例——真正使人猛醒的，恰是在聚光灯下，在观众的眼光里，因为丧失了日常生活掩护因此彻底暴露的溃败，它如此直接强烈，爱波感到"孤立无援"。正是这孤立无援拯救了她，她放弃了任何小资产阶级虚与委蛇的努力，真真切切感受到了这生活的虚假。这并不痛苦，至少并不比虚伪的继续生活下去更痛苦。所以她没什么要和弗兰克谈的，弗兰克那一套她很了解，不过是将生活的琐屑堆积在一起，拼凑出一种虚假的因果关系："你的失败是因为生不逢时，况且你也不成熟，再说人生有什么成功可言"。她厌恶的恰恰正是这一套，弗兰克自己奉行这套油光水滑的人生理念，她不愿意参与其中。

真正让爱波无法忍受的也正是她心存希望的，是弗兰克并非蠢货。弗兰克不但聪明、讨人喜欢，而且具有相当的洞察力。他在诺克斯大楼上班，这栋大楼"相当丑陋"，"位于市中心一片平庸的区域"，他父亲曾是这里的职员，弗兰克小时候第一次被带到此地就呕吐不止，电梯使他压抑，高楼使他眩晕，领口开得很低的女士也只给他留下"她身上留下许多带状勒痕"的记忆，公司经理使他厌恶，除了黏糊糊的嘴巴，杯子边缘的残渣，西服上的污渍，父亲升职未遂的挫败，"松弛、衰老、满目疮痍""发现父亲的裤腿在有节奏地抖动着，原来他把一只手放在口袋里掏弄生殖器。"弗兰克对现代社会有本能的生理厌恶，但他成年后却选择了列诺克斯来当职员，他很清楚现代社会将会如何将人非人化：庞大的系统、陌生的流程、呆板的程序、无所不用其极的追求效率然而依旧千疮百孔的管理、被切割的时间、被吞噬的活力，但弗兰克是这样解释的：我所想要的，就是挣到足够的钱来混过接下来的这一两年，知道我想清楚一些事情。同时我需要保有"我自己"，所以我最想避免的是那种可能会被认为"有意思"的工作，避免那种会触动我的东西。

弗兰克一定是被自己说服了，或者他曾经的确一厢情愿的信奉他这一套逻辑，以一种调戏的、玩笑的态度嘲讽大公司的荒谬感，保存所谓的"我自己"：他慵懒地对付工作，缓慢傲慢地蔑视他人的紧张和忙碌，仿佛怀揣着隐秘的不合作计划一般嘲弄着这架抽骨吸髓的现代机器，但事实是，这种精神游戏最终是要破产的，十年之后，他机械地走进大楼，心不在焉地上了电梯，行尸走肉般进入办公室，"整个办公室给人的感觉像是一个硕大的游泳池，远处近处都有很多泳者在动来动去，有些人直直向前游，有些人在踩水，有些人正探出或潜入水底，大部分的人则淹没在水面以下——当他们沉没在他们的座位里，他们的脸分解成一片晃荡的模糊的粉红色"。曾经的生命力只体现在和女同事玩性爱游戏上，他伶牙俐齿，抨击商业机器，对社会现象冷嘲热讽，对哲学话题发表意见，只为了塑造"一个称职但梦想幻灭的年轻已婚男人，正悲伤而勇敢地与周围的环境抗战"，女同事的开心微笑、赞许、崇拜是再通行不过的勾男套路，他需要的是被肯定，女人乐意施舍，他也就乐得领受，回过头来则继续在答录机、文件夹、宣传册、办公桌和无穷无尽的制度规章条文程序中浑噩度日。他就是他曾经恐惧、厌恶、鄙视的那种人，他的压抑、苦恼、欲望以及解决欲望的那点手段都和他曾经鄙视的人们一样同出一辙，他彻底失败了。但他拒绝承认，并在拒绝当中获得了虚假的自我。堂吉诃德的敌人是虚假的，反抗是真实的；弗兰克的敌人是真实的，而反抗是虚假的，堂吉诃德是古怪的英雄，而弗兰克是体面的小丑。

爱波是弗兰克虚假抒情曲中不和谐的音符。"是啊！你真是太好了！好得不能再好了！""你永远那么肯定，不是吗？关于你做过什么，还有应该承受什么。""因为你有高尚的道德底线是吧，还有你对我的'爱'，你所谓的——你以为我会忘记你打了我一巴掌，就因为我说我不会原谅你吗？""你这个可怜的被自己蛊惑了的……看看你自己，看看你有什么地方像一个男人"。

并不是婚姻使人变庸俗了，而是庸俗的人毁掉了婚姻。将人生的不顺遂、不如意归咎于婚姻肯定是一种方便的做法，正像他们也将此归咎于原生家庭的破碎、教育的不完美、所处时代的庸俗等等。毫无疑问，这些因素必然影响人的生活轨迹和形态，就像每一片树叶都记载着风的形状和太阳的温度，弗兰克也有千百种的理由为自己辩护，事实上他也确实这么做了。弗兰克的家庭崇尚力量和成功，他在父亲面前体验到的无非是年少体弱的极度和自卑，成年后父亲为弗兰克感到羞耻，"一个码头工人！一个自助餐厅收银员！这就是他的儿子！"，弗兰克慵懒、蔑视一切规矩，很大程度上正是对父亲的反叛，但他终究还是走上他的老路，并时常怀念起他那充满力量的拳头。爱波的父母则相反，她父母的生活随心所欲，浪漫的恋爱，在大海上结婚，然后在孩子不满周岁时就离婚，爱波在各种姨妈家辗转长大，父亲浪荡一世最后开枪自杀，母亲晚年在戒酒疗养院死去。弗兰克从头都误解了爱波家庭给她的遗产：最先他心疼爱波从小缺爱，暗自发誓好好对她，然而不久就厌倦了。然后他开始将之归为病态，"他带着道德优越感去猜想，这正是为什么他比爱波更能够控制自己的情绪。如果精神病医生对他感兴趣，那么天知道他们愿意花多少时间在爱波身上。"最后，他对此也丧失了耐心，用"不负责任""自认为是包法利夫人""令人厌恶"来形容爱波，最终真的开始建议甚至强迫爱波去看心理医生了。弗兰克正如教科书一般自大，爱波并不因为原生家庭而病态地渴望爱、安全和稳定，也没有失去爱的能力，她一直爱父母。她的家庭遗传给她的是向往自由的勇气，而这恰恰是弗兰克不愿意承认的。他只是"装作"有反抗的勇气，因为这显得他深刻、幽默、桀骜、卓尔不群，会带来"我绝不同流合污"的道德优越感，这优越感让他在男同事面前有了嘲讽一切的资本，也能借此褪下女同事的裙子，能使他拥有"我与众不同"的自我幻觉，这幻觉好比酒精能使他面对自己分裂的生活：人浮于事，敷衍工作，拿着公司的工资，批判着商业机器的愚蠢，哀叹着被扼杀的理想，控诉着生不逢时，将梦想的破灭归咎于家庭和孩子，逼迫妻子必须爱自己。

但假李逵遇到真李逵了，他的妻子，一个没有工作的家庭妇女，两个孩子的妈妈，看透了中产社区的虚假，那些飞短流长，那些无话可说的邻居聚会，重复三遍的笑话，夸大其词的青春回忆，借他人的痛苦消解自家苦闷的把戏，在金钱中找意义，在忙碌中逃避生活，在园艺、糕点、清洁和孩子身上消磨人生。丈夫们清早起来，爬上窄小的火车去上班，他们是其中最年轻最健康的乘客，她看见他们坐在那里就像经受着一场非常缓慢的、毫无痛苦的死亡，"我记得看着你，心里想着：天哪，有什么办法能让他闭嘴么？！

因为你所说的每一句话都是建立在，我们比这一切高尚，沃恩是与众不同的。我当时只想大声说出来：其实我们并不比任何人优越，你看清楚，我们就是你所说的那种人！"她无法忍受这样虚假、分裂的生活，做了一个天方夜谭似的决定：去巴黎。

这个决定并非向福楼拜的《包法利夫人》致敬。爱波的这一决定向弗兰克展现了最大的善意，年轻时弗兰克曾向所有人宣称欧洲是唯一值得居住的地方，他甚至让爱波相信他会法语（实际上他并不会）。爱波说："弗兰克，你真的认为，只有艺术家和作家才有权利去过自己想要的生活？听我说，我不介意你五年什么都不做，我也不介意五年之后你告诉我，你想成为的不过是个砖瓦匠、机械工或者水手。你难道还不明白我的意思吗？我所说的一切跟可以感知的才华没有任何关系，现在是你的本质被桎梏起来了，是你，真正的你，被一再地否认、否认和否认。"她决心自己出去找工作，找个保姆带孩子，而弗兰克可以去做他七年前就想做的事情，去看书、学习、散步、思考，弄清楚他自己究竟想要什么。

这就很尴尬了，丈夫叶公好龙，妻子当真了，并且制定出全套计划帮助他来实现。好比一只笼中鸟整日控诉牢笼、歌颂自由，自欺并欺人，占领道德的制高点并借此套取牢笼的好处，然而，有一天有人信以为真，把笼门打开了——它的恐惧可想而知。弗兰克的态度也并不意外：利用生存压力嘲笑计划的可实施性，借口孩子的适应能力推诿，然而他很快发现"去巴黎"是一个比愤世嫉俗更值得自骄于人的话题，于是在邻居和同事之间大肆宣讲，这满足了他"与众不同""高人一等"的心理需求，相比爱波的务实（她已经开始装箱打包了），弗兰克的巴黎更多地停留在口头。他恐惧之极，恐惧真正的巴黎之行，他并不真的需要自由，他需要的仅仅是"宣称自己需要自由"，他并非没有感到痛苦，可只有在这痛苦之中他才能确认自己的价值。他要么硬着头皮离开纽约，奔向自由的巴黎，要么留在纽约，继续口头爱巴黎，作为伪君子在爱波眼中彻底破产。

最后拯救他的是升职，是爱波怀了第三个孩子。这是比较体面的下台阶的办法，但夫妻多年，这些借口只好拿去敷衍外人，夫妻俩谁又真的能瞒过谁呢？弗兰克为自己找了那么多堡垒：畅想更稳定的生活，攻击爱波因为原生家庭的不美满而心智不健全，攻击她和邻居疯子接触太多神经不正常，攻击她失去了爱人的能力，甚至为了躲避去巴黎而强行留下了这个他并不想要的孩子——在一个家庭之内，你能想到的所有的温存、攻击、中伤、诅咒、批评与自我批评、刻意保持的和谐气氛、假意营造的阖家美满，都掩盖不了那个盘踞在沙发上的丈夫散发的腐败气息。这个巧舌如簧、天花乱坠的男人，耍着小聪明喋喋不休只为了掩饰自己的浅薄和空虚，他占尽了一切语言的高地，妄图向妻子描绘一个果敢、负责的男人形象,为了挽回妻子的爱,居然主动坦白和女同事的奸情。然而,恨和嫉妒的来源是爱,她已经不爱他了,这个自我已经分裂的男人,这个生活在分裂之中甘之如饴的男人,这个口吐莲花蒙骗过所有人的懦弱的伪君子。"你可真是说话的天才。如果说几句话就能颠倒黑白,那么你就是做这件事的最佳人选。你想说的是,我是个疯子,因为我居然不爱你了,对吗?"

女人不是"不能"将爱和性分开,而是"不愿"把爱和性分开。爱波在彻底丧失对弗兰克的爱之后,和迷恋她很久的邻居上床了——说上床都不准确,二人不过是在酒后大雨的车里匆匆了事,对于爱波来说这段婚姻终止了,尽管它在形式上还继续存在,她努力过、挣扎过、委曲求全过,现在一切都结束了。当男邻居说"我一直爱着你"时,爱波回答道:"不,你不要那么说。"爱波并不是包法利夫人,需要的仅仅是一个情人来打发无聊,她也不像安娜·卡列尼娜那样在另外一个男人身上找回被婚姻扼杀的生命力。她在这段婚姻关系中耗尽了全部心力,看尽了一个男人能有的所有懦弱和猥琐。汽车的后座充满鞋子的酸臭味和汽油味,在那堆肮脏的车座防尘罩里,爱波和她十分看不起的邻居行了苟且之事。这更像是一种有意为之的仪式,她对自己有个交代,把身体打发出去,就放弃了。

爱波死于私自堕胎后的大出血,这是一种决绝的表达。婚姻从来都没有错误，犯错的只是其中的人们。吞噬心灵的从来不是茶米油盐，而是内心的大道。爱波和弗兰克同时认识到生活的虚假，两人做出了不同的选择，而真实的人生只在选择之中。在经历了那么多争吵之后，人总归要走上自己选择的道路，归根结底人只能为自己的生命负责，即便是夫妻，生命也并没有打包解决各自的问题，各自的道路，各自的人生选择还是会在婚姻这个螺蛳壳里翻江倒海。女人对男人有英雄想象，这既害苦了女人，也害苦了男人。弗兰克难道没有权力继续苟且度日吗？爱波非要将他拽入自由的汪洋大海之中吗？任何美好的价值难道不都只适于自我追求，而不是强加于人吗？巴黎就一定比纽约更自由吗？难道去了巴黎就那么容易生存下来并找到自我吗？而且你们真的拥有所标榜的那个自我吗？婚姻中的杀戮到底见了血，爱波失去了心之凭寄但求一死。弗兰克，茫茫人海，芸芸众生，万千人都像他这样混沌度日，一个人有没有拒绝自由的权力，有没有打发生命的权力，为什么他就要背上这么沉重的负债要承担两个孩子和妻子的死呢？

可这不关乎结局，只关乎勇气。有勇气接受平庸，有勇气承认浅薄，有勇气接受被安排好的生活，哪怕有勇气分手，有勇气结束。我们不清楚道路和勇气是否其实是同一回事，我们也不清楚死亡和恐惧其实也是一回事。但有一点无可辩驳，你无法在婚姻中逃避生活，你不能用婚姻来给一切懦弱做辩护，因为有时恰恰正是逃避和懦弱才有终极的破坏力，将婚姻关系一举终结。

《钢琴教师》中的爱情

THE PIANO TEACHER

暴力相向

9

《钢琴教师》中的爱情

暴力相向

  2004年度的诺贝尔文学奖授予了奥地利女作家耶利内克,她获奖的作品叫《钢琴教师》。这是一部怎么样的作品呢?我曾经带着学生们读书,书目由大家票选,最后这本书高票胜出。阅读期限是一个月,之后我们要一起聊聊天,分享一下心得。然而一个半月过去了,九个人当中只有一个人读完了。为了减轻他们的阅读困难,我只好推荐了奥地利导演哈内克根据这部小说改编的电影《钢琴教师》《La pianiste》,出演女主角的是法国著名女演员伊莎贝尔·于佩尔。此片2001年上映以来拿奖无数,但最有趣的评价莫过于"三流小说改编成的一流电影"。三流还是一流,文学界的评论向来是神仙打架,作为读者只要谈喜欢不喜欢就好了。在这点上论,《包法利夫人》和《钢琴教师》是同一类:小说本身令人非常喜欢，但女主人公则不。

耶利内克的小说《钢琴教师》讲了这样一个故事：埃里卡是维也纳的一名钢琴教师，从小接受着极其严苛、甚至谈得上是残忍的专业音乐教育。她的母亲希望女儿能凭借音乐成就，在号称音乐之都的维也纳实现阶层跨越，从城市平民一步跨入富贵阶层。但埃里卡天赋有限，最终没有成为享誉欧洲的音乐家，只够成为音乐学院的钢琴教师。但母亲为了实现阶层飞跃的目标而对女儿进行的监狱化管理，却一直延续到女儿近四十岁。在埃里卡年近四十时，她的母亲依然暴君似的决定着她的一切：衣服怎么穿，朋友怎么交，时间怎么分配，钱怎么花，监控她每时每刻的行踪。

但小说里对这位"虎妈"和女儿的关系，进行了非常深刻的探讨，她们之间并不纯粹是压迫和受害。母亲专制的触角盘踞在女儿的一切空间：剪碎她的衣服，监控她的行程，拒绝旁人对她的邀约，接管了女儿的几乎全部生命时间。"埃里卡的时间慢慢变得像块石膏一样。有一次，当母亲用拳头粗暴地敲击它时，这时间立即像石膏似的纷纷碎裂开来。遇到这种情况，埃里卡那细细的脖子上就好像围上了矫形外科用的石膏制作的时间的脖套，她懒散地坐在那里，成为他人的笑柄，并且不得不承认：我现在必须回家，回家，每当有人在外面遇到埃里卡时，她几乎总是正走在回家的路上。"耶利内克用"石膏脖套"这比喻传达出她的痛苦处境。可人总是人，哪怕要面临母亲严厉的惩罚，埃里卡也会想方设法在严密的监控下逃离母亲的罗网：偷偷买漂亮的衣服，偷偷溜去录像厅，偷偷失去了童贞，埃里卡对母亲的反抗也相当激烈，当她发现自己买的套装又被母亲卖掉时，"埃里卡愤怒地对自己的顶头上司喊叫着，同时用手指紧紧抓住母亲染成了褐色的头发，她的头发根上已露出了灰白色……现在，埃里卡用手扯着母亲的头发。她愤怒地撕扯着，母亲号叫着。当埃里卡停止撕扯时，她手里已握满了一绺头发。她一言不发，吃惊地打量着这一绺头发。"

问题的核心当然不是母亲有多么专制，而是埃里卡为什么不搬出去。毕竟她已经快四十岁了，身为维也纳音乐学院的教授也有着稳定的收入。母亲给予她的荆棘满布的爱，除了给她带来痛苦显然还包含着极大的愉悦——无条件被信赖、整齐的秩序感、绝对的安全感。

虽然母亲连女儿晚回家半小时都不能容忍，但对于女儿的音乐才能，她倒是给予了毫无保留的信任。她坚信埃里卡和普通女孩有着天壤之别，她不是她们当中的一个。女儿是特别的。女儿的任何一场演奏会母亲都不会错过，这当然也是身为人母的虚荣心使然，但与那些任意贬低、打击、轻视孩子的母亲相比，这份坚定不移的信任感，对孩子来说却也是一种情感刚需。母亲制定的时间表让埃里卡总是有所作为，她生活在高效的秩序当中，没有冗余的部分，这种整洁的秩序也是埃里卡所熟悉并习惯的。更重要的是，母亲囚牢一般的家对她来说也是安全感的来源，它虽然隔绝了外界的欢愉，却同时也隔绝了外界的伤害：那些无聊的聚会，薄情的男子。不论她遇到什么，只要回家就仍然是回到了安全之中：她仍旧是特别的，独一无二的，秩序还让她能够感到对生活的控制感，枯燥的生活可以令人窒息同时怡然自得。

在这场母女大战中，母亲也从未真正占据上风，女儿的薪俸比她可怜的退休金多得多，打架撕头发时母亲是被撕碎头发的那一个。"她不出声地朝女儿身上打。女儿愣了一会儿之后，回手还击。埃里卡的鞋跟发出一种像是动物腐尸的气味。因为邻居明天要早起，两人无声地纠缠在一场战斗中，结果还不清楚。孩子也许出于尊重让母亲赢，母亲则也许出于害怕孩子的十记小拳头让孩子赢。实际上孩子强得多，因为年轻，再说母亲在与她丈夫的斗争中已经筋疲力尽了。但是孩子还没有在母亲面前充分利用自己的强壮。母亲对着她自己身上掉下来的肉——女儿的松散的发型扇了一记耳光。"尽管如此，母亲也没有想结束这样的生活，她极力劝说女儿不要结婚，永远和自己生活在一起，堂皇的原因是没人能配上她这特别的女儿，真正的算计则是深恐自己老无所依。身体上的优势，经济上的优势，年龄上的优势，让女儿虽然貌似饱受母亲的折磨，但又完全体现出另一番潜台词：她甘愿忍受这种痛苦。这种母女关系简直是加强版噩梦：中国的虎妈在逼孩子成龙成凤之余，是一定要逼婚的，毕竟婚嫁也是所谓"成功人生"的必备内容。而埃里卡的妈妈吞噬女儿如此彻底，甚至剥夺了她结婚的权利，埃里卡没有丝毫越狱的可能性。这种畸形的母女关系严重影响着埃里卡的爱情模式——是的，她也是有爱情的。

即将年满 40 岁时，她意外地引起了一名男学生的欲望。这位男学生长相俊美，身形健硕，出身优渥，颇富才情，喜欢炫耀。他当然是讨人喜欢的，如果他愿意，很容易就猎取到诸多年轻女性。但定迷上了这位钢琴女教师："他暗自迷上了他的女音乐老师。他个人认为，科胡特小姐正是那种年轻男人进入生活时想要的女人。每个人都得从头做起。他不久就将脱离初级阶段，就像开车的新手，先买辆二手小型车，等掌握了，就提高到比较大的新款车。""这有益于以后正经的爱情。他想通过与一个老太太的交往（和这样的女人交往不必小心翼翼）学习如何对付那些不太讨人喜欢的年轻姑娘。这事儿能以文明的方式做吗？"这注定了从一开始，钢琴教师和男学生克雷默尔的关系，就是一场权力争夺战。埃里卡作为他的教授，在地位和话语权上形成压倒性的优势，但是在男女关系方面，招蜂引蝶的男学生又比孤僻乖觉的女老师游刃有余得多。埃里卡在音乐方面无情的碾压男学生：你并不适合舒曼，并不懂得贝多芬，对勋伯格的理解堪称肤浅。而男学生则毫无难度的抓到了女教师作为女人的弱点：老了，身体发福，不会穿衣服。

但是二人却又无法克制的彼此靠近，连接两人的纽带当然是被"高雅音乐""严肃音乐"所加持过的优越感。"他们轮番地、一个比一个厉害地表达对那些无知的人、毫无理解力的人的愤怒……两个人都在想，自己比另一个更懂得，一个是因为他的年轻，另一个是因为她的成熟""轻蔑的纽带把师傅和徒弟联结在一起"。这份优越感在埃里卡来说，更多的是对陌生世界感到恐惧而做出的本能排斥。而在克莱默，却是彻头彻尾对女教师的曲意逢迎。他是个太合群的人，他的家世、学识、教养和野心，也支持他成为合群的人："他留着半长的暗金色头发。他适可而止的时髦。他恰到好处的聪明。他没有任何突出的地方，没有任何过火的地方。他的头发长短适度，看上去既不像刚刚理过，也不像是蓄发很久。尽管他经常受到蓄须的诱惑，但他还是不留胡子。直至今日他一直能抵御这种诱惑。"他有能力且非常愿意和世界友好相处，甚至比其他的同龄人更聪慧，更有意志力和决断力，更早的为了自己在这个世界理应取得的成功做足准备。

写到这里，你会发现这是一个很难被定义为标准"爱情"的爱情：没有诚挚的相互吸引，没有坦诚的心心相印，没有共同的愿景和规划。从一开始克雷默尔就将埃里卡视为情场上的开手师父来看待，目的通过她的陪练来精通应对女人的技巧：面对一位老女人，他无论如何都不怕自己落她笑柄——她们只能心存感激，毕竟他很知道自己的魅力。等他为自己的雄性之旅收集到第一枚勋章:"和我的钢琴女教授"——这听起来显然比"和一个年轻女孩"要高级。然而克雷默尔显然完全不清楚自己年轻的小手即将打开多么巨大的一个潘多拉盒子。

埃里卡确实需要爱情,按照《包法利夫人》中福楼拜对爱玛福楼拜的描述:就像砧板上的鱼渴望水。她并非没有男性经验,但这些屈指可数的经验对她来说完全没有任何意义,他们像平常男人一样,不管是专情还是滥情,都无甚特别之处,来来去去都不由埃里卡同意或者拒绝。没有人对任何人有任何意义。但是埃里卡是一个成年女性,假如她无法从生活的罗网中感知什么叫爱情,却不能不知道什么是性。男学生只知道他的钢琴教师是一位高冷、刻板、难以接近的中年女性,但他不知道的是,她还是一位自残者、色情影片观看者、窥淫者和虐恋者。

还在少年时期,由于严苛的养育环境,女主人公埃里卡就获得一种灰暗的生命感:"……她像一块油腻的包奶油面包的包装纸留在了地上,在风中只要稍稍飘动一下。包装纸无法离开,只能在原地腐烂。这腐烂需要花费多年的时间,多年没有任何消遣。"耶利内克以其出神入化的德语蜚声文坛,诺贝尔文学奖颁奖给她的理由也是:"她用超凡的语言以及在小说中表现出的音乐动感,显示了社会的荒谬以及它们使人屈服的奇异力量。"此处对生命的体悟,用了一个非常奇特的比喻。她感到自己像一片包装纸,

暴力相向　　181

没有主体性，没有生命力，也没有行动力，除了仰赖外力，她完全不知道能拿自己的生命怎么办。常年被安排被训练的生活，让她彻底丧失了处理生命的能力："埃里卡的手指像受过正规训练的狩猎动物的爪子紧紧抓住什么东西那样颤动，在课堂上她一个接一个地折断自由意志，但是她内心中十分渴望顺从。她在家里有她母亲，但是老妇人如今越来越老了。一旦有一天她垮了，成为令人遗憾的需要护理的人，不得不听从女儿，埃里卡将会怎么样呢？埃里卡绞尽脑汁地考虑她面临的这个困难任务，她完成不好，这样她一定会受到惩罚。"它是被动的，消极的，任人摆布的而且渴望任人摆布的。卡夫卡在《变形记》中将主人公格里高尔变成遭人厌弃的大甲虫，表达了对世界的陌生感，但他丧失的只是通讯能力，而对世界的感知能力依然完整的保留下来；君特·格拉斯在《铁皮鼓》当中让主人公停留在三岁不再长大，借此表达对成人世界的抗议，但即便三岁的主人公依然保有思辨力和行动力。耶利内克的女主人公被彻底的"物化"了，并非商业社会中标之以金钱的"商品化"，而是彻底的非人化。她感受不到生命力的流动，不但切断了和外界的通信，还和自己也切断了联系。像一片纸躺在风中等待腐烂。然而，它却是一块包裹过奶油面包的包装纸，曾有温度和香气，尽管是借来的。现在，美味的部分被攫取了，如果没有外力，她也只能静静地等待腐烂。

这种令人窒息的比喻在全小说中俯仰皆是。这也正是耶利内克的强项，眼花缭乱的语言像是纷繁的音符不断强化着一个主题，那就是生命力的消失，主动性的消失。高强度的音乐训练像高强度的流水线工作，让人变成非人。既然精神上得不到情感滋养，她也就开始自残，并只能接受虐恋，大概是从尖锐的肉体疼痛中才能体会到自己还活着，疼痛等同于强烈，强烈的疼痛才能撕开包裹住自己的坚硬的外壳，才能将她无法拒绝的、必须处理的唯一的性欲力释放出来。

小说使用大量篇幅描写了克雷默尔对埃里卡的围猎：他主动跟她学琴，寻找单独和她相处的机会，故意制造"不可避免"的身体接触，对她的曲意逢迎或恶意刺激，目的不外是捕获猎物满足欲望。当二人经由荒腔走板的暧昧、勾引、试探、拒绝和几次不成功的性尝试之后，埃里卡终于敞开心扉，全心接纳了克雷默尔，其标志就是向他展示了虐恋工具，并给了他一份非常详尽的施虐要求，请他执行。

真正冒犯克雷默尔的，并不是这种令人不适的形式，而是在亲密关系中，男女手中权力关系的倒置。李银河在《虐恋亚文化》给出了反直觉的但是专业的观点：她认为，在施虐、受虐关系中真正的控制者是受虐者，而非施虐者。而施虐者只是执行者。作为一种小型的戏剧表演，这一场景的具体步骤、使用的工具、下手的力道甚至台词，都是受虐者自己下指令要求施虐者执行。于是，在一个情感相当饱和但象征密集的场景里，埃里卡和克雷默尔两个人，合理用五斗橱把母亲隔绝在客厅，两个人在卧室执手相见，埃里卡递给克雷默尔一封写满指示的信，要求他照此办理，克雷默尔的反应是什么呢？"克雷默尔威胁地对她说，有些男人对女人很快就腻了。作为女人必须准备能经常变换花样。""克雷默尔开玩笑，装着痛苦的样子捶着大腿说，她竟然想给他下指示！……然而，克雷默尔接着又嘲笑埃里卡说，谁会相信她是这样的呢。他的嘲笑中包含的没有说出来的内容是，她什么也不是或是没多大价值。""克雷默尔解释说，拒绝挑战常常需要勇气，需要规定准则。克雷默尔就是标准。"他拒绝放弃男女关系中的绝对权力，但却虚伪的声称埃里卡的爱好过于"变态"。在小说的最后，在性权力的较量中败下阵来的他，恼羞成怒破门而入，实施了真正的暴力，并非"施虐受虐"关系中基于情感流动和绝对信任的游戏，而是确定无疑的暴力，他殴打并强奸了她。尊重并忠于自己感受的埃里卡伤痕累累，手握利刃赶到校园，万里晴空下，克雷默尔阳光少年般和同学们谈笑自若走进教学楼，埃里卡手中的尖刀也只能插向自己的心口就算结束。她史无前例的想要回家，回到母亲身旁。

埃里卡被戕害的一生，看不到有任何改善的可能。生活中专制暴力无处不在：严苛的养育环境对生命力的扼杀似乎没有任何消弭的可能性，在原生家庭中，她是专制的受害者；在社会关系中，她成为教师之后自己又成为专制的代言人，刻意压制并打击学生；在欲望表达中，她通过将专制转化为愉悦来反抗专制；在两性关系中，她最终还是在男性权力的铁拳下伤痕累累。无所不在的暴力形塑了埃里卡的人生。她是受害者，也是施暴者，当暴力带来的疼痛无法忍受但又无可逃避时，唯一的办法只能是扭曲自己，享受它。

但生命的欲力又有多顽强呢？周华健有首歌曲里有句词唱得好："你的泪，晶莹剔透心中一定还有梦"。同样，只要埃里卡仍旧喜欢漂亮衣服，那点向美向善的生命力就还在，她就还是个人而非行尸走肉，虽然那些漂亮的衣服从来没有被穿过，它们只是被挂在衣橱里供埃里卡来回抚摸，或者被母亲撕咬、践踏、剪碎。是不息的生命力让她在命运的漂流里，抓住了克雷默尔，这个人明明有着岸的模样，不料却是一道结结实实的礁石。一塌糊涂的结局之后，埃里卡将刀插在胸口，而接下去她的命运如何，文中也给了暗示：她只能继续更深的陷入母亲给她打造的牢笼中来寻求安全避免伤害，除此之外别无出路。

耶利内克文风凶猛，以暴力地书写来反抗暴力。这部小说在全球范围内拥趸众多，也引发不少争议，很大程度上大家更倾向于将它理解为一部自传体小说。耶利内克本身的经历和女主人公埃里卡十分相似。耶利内克从小被严厉的母亲管束，进行过正规的专业音乐教育，完全没有任何自由空间和时间，后导致精神崩溃，在家休养一年无法出门。和书中女主人公一样，耶利内克在这一年中唯一的娱乐就是在家看电视。但与埃里卡不同，作为对母亲的反抗，耶利内克后来放弃音乐专攻文学，年少成名获奖无数，并与一名慕尼黑的网络工程师结婚。作为纯理工男，她的先生很低调，而且也从不干涉她的生活方式，只默默帮她备份好所有手稿，并替她创建了个人网站，绕开出版社直接经由网络发布她的最新作品。婚后，耶利内克在母亲与丈夫之间做钟摆式生活，定时往返奥地利和维也纳。在维也纳时则仍与母亲生活在同一屋檐下。但不知为什么，我总有种感觉：小说中的结局虽然是虚构，并未真实发生过，却有着很高的现实可能性；而真正发生的，钢琴少女耶利内克反抗专制的母亲并最终获得了金钱、名誉、爱情和诺贝尔奖，却更像是出于文学虚构。

《聊斋志异》

LIAO ZHAI ZHI YI

一个春天，读完聊斋

《聊斋志异》

一个春天,读完聊斋

《聊斋》众女:文艺女青年的前世今生

《聊斋志异》里有一篇非常有意思的短文,说的是一个波斯人来到福建一处古墓,发现里面有宝气,别看他是个外国人,倒是很晓事,他给了古墓的邻居几万钱把这方五百年来无主的墓地给打开了。棺椁中别无他物,只有一颗像石头一样坚硬的心,用锯子锯开一看,心内有美丽的山水,青碧如画,旁边还有一个女子,盛装打扮半倚栏,正在凝眸远眺。这个故事好玩之处在于,主人公是一个波斯人,远道而来,他发现的这颗心的主人,就是凭栏远眺的女子,她生前喜好山水,一天到晚观赏美景,吞吐清气,死后的一颗心就凝结成这样。说实话这个故事让我想到很多人,都是女人，当然她们都还活着，但是她们确实如书中这个女子一样爱山乐水，打开朋友圈或者社交媒体主页，春花夏月秋叶冬雪，美不胜收，凡尘俗事当然也有，但是寄情山水花鸟似乎是天然的爱好。故事里这位美人如果生活在今天，城市生活并没有什么美景可看，于是无论如何要远游深山，深入林泉，于是乎她难免会成为一位背包客，国内美景看遍，难免动心思去国外看看，很可能就成为那种五年跑十八个国家的国际背包客——是不是已经从古代嫁接到现代，无限逼近现代生活中的某一种生活方式了？

《林四娘》的女主角林四娘是个女鬼，长相艳丽倒在其次，最奇妙的是她精通音律，能够分辨宫商角徵羽等各种音调，而且嗓音极好，开口唱歌情动四座。而且她还擅于评诗写诗，也会给出很中肯的意见，并不因为儿女私情就有所保留，更加上写得一笔好字，想想都有趣味。因为是女鬼，晚上不用睡觉，所以大段时间来念诵《金刚经》，也就是说，这还是有个宗教信仰的文艺女青年。林四娘要是搁在今天，会成为张悬、陈绮贞那样的女歌手吧，大名出不了，但肯定拥有一部分忠实的拥趸——我突然想起来一个长久没有音信的女歌手叫张浅潜。

《仙人岛》上的芳云是个饱读诗书的女神仙，随便拿出什么文章来考她大概也是考不住，然而她们神仙界对于读书这件事看得非常淡，读书多、广、精、杂仿佛也没什么特别值得夸耀于人的，大概就是个消遣，也不像人间似的好好读书可以当作登云梯，知识本身就有价格，智慧则有更大的价值。芳云嫁了个略有学问但狂妄无忌的人类丈夫，夫妻俩几番对谈，丈夫的学问完全不够支撑，芳云就笑眯眯地劝丈夫：好啦，要藏拙啦。芳云如果穿越到现代，大概是个一路名校的学术大咖，搞这些事情费不了她多大的精力，胸中驻书十万册，无非是花点时间而已。她肯定是不戴眼镜的，为人也非常谐趣幽默，读书搞学问之外的生活无比多彩，她的先生成就虽然不大但为人可亲，经常带着孩子在学校里散步。

另外一个略微较真点的文艺女鬼叫宦娘。故事的主角叫温如春，喜欢弹琴，年少时期在山西古寺里偶遇一位道人，经他点化，琴技出神入化。宦娘在一个雨夜偶遇温如春，温如春当年就想娶她，宦娘拒绝了他。温如春后来遇到了他后来的妻子，两个人因为琴声成为知己，却因为父母反对天各一方。这位宦娘因为自己是鬼怪的关系，动用了一些法术，最终成全了这一对佳偶。那宦娘是图什么呢？仅仅是因为想跟温如春学习上等的琴技。温如春夫妻以为女鬼有恩于己，最重要的是难得知音，完全不忌惮宦娘并非人类，一个良夜，三个妙人，就着月色打着节拍切磋琴技，这要是再来两杯啤酒，再吹来轻薄透亮的夏夜的风，哎呀，也不枉一世为人百年为鬼吧。宦娘本为官宦之后，"宦"说的是出身，"娘"代之性别身份，也就是说，这个喜欢弹琴的女鬼无名无姓，文中是没有说她为什么死了，身逢什么遭遇，有什么奇冤，需要什么帮助,或者有什么前路。和所有的女鬼都不同,她死了一百年,既没有痛苦也没有挣扎,既没想转世投胎,也没想迁骨挖坟。她就是喜欢弹琴。弹琴也不为吸引男人以排遣寂寞,而仅仅是对弹琴本身有莫大的兴趣。等琴技学到了,她就告别温如春夫妇,不知所终。宦娘几乎是《聊斋》里唯一一个不纠缠男女私情的女鬼,真可谓一心于艺,不问红尘,这种生存状态真是令人向往。男女之事当然有乐趣,但到底落了下乘,眼界窄而境界不高。一个人一生都有一个无法自弃的深爱,就好比茫茫大海中抛下一只重锚,任波涛颠簸自家小船也不会倾覆。读《聊斋》总会对各种女鬼怜香惜玉,但宦娘是一个例外,爱琴如此,做鬼与做人又有什么分别。做人还要死掉,做鬼倒还来去自由。宦娘如果穿越到今天,我恐怕世人都不知道她的姓名,名利对她都是多余,有一段寻常生活,守着一个终身挚爱,我再看不出来还有比这更为大自在的生活方式了。

《聊斋》里这样通诗书有文采的花妖狐仙不胜枚举,《吕无病》中那个渺然无踪的女鬼吕无病,书中说她"微黑多麻,类贫家女",她父亲是个文人,家学不错,夜半遇到孙麒,也只想当个文婢而已,孙麒拿《通书》来考她,她对答自如;《粉蝶》中的十娘是挑拨琴弦十指翻飞,连歌曲谱都不用,按照今天的话来说属于即兴演出,《嘉平公子》中鬼妓温姬写得出"凄风冷雨满江城"的诗,《白秋练》中慕蟾宫最初得到白秋练的青睐,也是因为喜欢听他吟诵诗书，白老夫人介绍自己的女儿时形容她"颇解文字"，文中总计出现过李益、王建、刘方平和皇甫松，甚至白秋练死了，要求慕蟾宫在卯、午、酉三个时辰吟诵杜甫老先生的《梦李白》，她的尸体就不会腐烂，最后果真如是，清水浸泡后她果然复活了。杜甫真是做梦都没想到自己拳拳心意写成的诗歌真有防腐功能，但这里有两个地方我觉得有趣，第一是白秋练喜欢唐诗，即便《聊斋》成书于清代但宋明清诗一首没入选，有那么多悼亡诗搁着不用，白秋练单单选了《梦李白》，这还挺有意思，当然映射了所梦之人并未真的死去，但杜甫写的本是知己之情，用在这里，确实加深了《聊斋》爱情故事中的一个固有印象：《聊斋》爱情故事中知己的浓度非常高。

《聊斋》故事中，经常会出现"知己之义"这个主题。这些文艺女青年们所亲近、投奔和托付的，大多数也是通诗文解音律的男性，我们称之为知音。再从广义的范围理解，《乔女》用尽一生报答孟生所为的不过也是"知己之恩"，《叶生》描写了一位《聊斋》中最令人感佩的读书人叶生，书中说他"文章辞赋，冠绝当时"，但命运不济，连个举人也未曾考中。但是丁乘鹤非常敬佩他的才情，不单招至馆中学习，还资助他学费，并且时时拿钱粮周济他的家人。这种知己之恩，叶生怎么报答呢？他郁郁而终，将魂魄报答丁乘鹤，教丁家的公子读书认字准备考试，最后考中进士。叶生再次回家时才知他已经死了很多年了，书中描写他"怃然惆怅。逡巡入室，见灵柩俨然，扑地而灭。"每读此处心内大恸，人世种种，真是无可言说。丁乘鹤曾经说：叶先生您只用了边角的才情就使我的儿子考上进士，而您却寂寂无闻，这真是痛心。叶生说了下面这段话："能托您家的福为文章吐口气，让天下人知道我半生沦落，不是因为文章低劣，我的心愿也就足了。况且读书之人能得一知己，也没什么遗憾了。"真是不输读书人的风骨和志气。在官方话语将科举制度等同于八股文，使得科举考试及其所辐射的一切词语失去合法性之后，读书人成了千古腐儒骑瘦驴，成了冬烘先生，我们都知道范进中举，但鲜有人知道叶生这样的读书人。他半生沦落，所能做的无非是拿性命来酬知己，最后"扑地而灭"。不惟读书人如此，我经常想到一个人叫荆轲。他本身游弋燕赵，和高渐离喝酒撒酒疯过得好好的，突然就被田光举荐给燕太子丹，然后田光自刎，樊於期自刎，他欠着两条人命，提着一颗人头，拿喂过毒的天下利刃西入强秦，最后在大殿上被剁成肉酱，他的生前好友，一个好端端的人民音乐家、艺术家高渐离也被熏瞎双眼最后被诛杀——这一切都是为什么？他最初是拒绝太子丹的，《史记》里说他听完太子丹的忽悠，说"此国之大事也，臣驽下，恐不足任使。"他本来应该出宫，回家，洗洗睡，天亮之后找高渐离喝酒听音乐做个当世豪侠就完了，《史记》记载他"虽游于酒人乎，然其为人沈深好书，其所游诸侯，尽与其贤豪长者相结。"搁在今天也算是个能文能武的圈内名人，好好的日子不过，为什么去刺秦，荆轲不是因为没有杀死秦始皇而被剁成肉酱，要知道，只要他决定刺秦，他就是个死，连陶渊明写易水送别也说他"心知去不归"。那他为什么要刺秦？政治正确吗？为身后名吗？为了田光和燕太子丹的知己之恩吗？同样令人不解的还有武松，现在将武松解释为深爱嫂子或不解风情，简直抹杀武松。刺秦，杀嫂，夜奔，悼红，真是写不尽的主题。这些女人和男人，读书人和豪侠，他们的世界里有一种叫"义"的东西是现代人不能完全理解的，它表现为恩义、信义、道义、侠义，这些概念对我们来说太陌生了。

《聊斋》里也写了很多侠义之士，不但有人，鬼和仙，居然也有鸟兽，可见侠义情结在斯世斯时是一个无法忽视的时代精神。因为影视改编的关系，最著名的侠客当属《聂小倩》里的燕赤霞，但最奇情最神秘最具吸引力的侠客却是个女性，篇名就叫《侠女》，一九七一年香港导演胡金铨就改编成电影在香港公映，侠女的扮演者是徐枫，她曾经拿下过两次金马奖最佳女主角，而且还担任过《霸王别姬》的监制。故事太有名前文我也写过，这里倒是想写一下和这个侠女殊途同归的另一位非常文艺做派的女性，名叫《霍女》。

《霍女》的叙述方式和《侠女》完全不同，就是平铺直叙。说的是一个好色且吝啬的人叫朱大兴，某天夜里遇到一个美人叫霍女，好色如朱大兴者当然就强领霍女回家与之日夜男女起来。

但这个霍女和其他书生半路上捡来的女人可不一样，这是一个有公主病的美人，家务活是绝对不干的，每天要吃燕窝、鱼肚、人参汤，敢不给供着这美女就敢一病欲死，而且必须穿绸缎锦绣，过几天就要换，敢不给换美人就要离家出走，吃喝穿戴之外，这位美人还需要精神享受，十天半个月的就要叫堂会招唱戏的来家娱乐，这么养了两年，朱大兴终于家业败落，于是有一天，霍女半夜打开后门，跑了。故事到现在，这位霍女就是一个身无长物的拜金美女而已。但接下来的剧情急转直下，霍女出逃后，投奔了一位叫黄生的穷秀才，而且简直换了个人似的，每天清晨即起，洒扫庭除，粗茶淡饭，操持家务，勤快的不得了，这样过了几年，两个人感情很深，但家境依然贫寒。有一次出游，遇到商贾对霍女心存邪念，霍女就使了个仙人跳，把自己卖了一千两银子，拿了银子回到黄生身边。故事的最后，霍女给黄生张罗了个漂亮媳妇，就渺无所踪了。大家都怀疑霍女是神仙，但到底也没有什么根据，只给黄生的儿子叫仙赐，来纪念这一段无法解释的因缘际会。这个霍女是人是鬼是仙，都没有交代，也无从猜测，因此她的行动有什么目的和动机也完全不可解，她为什么会委身朱大兴多年，为什么又投奔黄生而来，为什么把自己卖了，又为什么给黄生安排好生活后就消失了。文中只有一处她曾表明心迹，是这么说的"妾生平于吝者则破之，于邪者则诳之也。"也就是说，她是故意去使朱大兴破产的，但如果考虑到她委身与他很多年，这个成本真是大得惊人。《聊斋》里有很多女神仙，也有很多女妖怪，也有很多女狐狸精，除了个别例外，这些女性似乎都默默遵守着一个人间的道德准则，就是在性问题上趋向于从一而终。神仙姐姐们冷淡居多，大多数会打发身边的丫鬟婢女帮忙完成夫妻之事，鬼怪姐姐因为阴气重所以似乎向来无可无不可，不主动不拒绝不负责，只有狐狸精们妖娆缠绵，颇有风致，然而一旦选定秀才，也鲜见有朝秦暮楚二三其德的情况，基本上也是一心一意跟着对方把日子往好了过。这个霍女，一出场就一个少妇，已经不具备贞洁属性，但是依然和正面形象黄生情意拳拳（这在别的故事里从未出现过）。霍女是一名罕见的在性问题上完全看得开、毫不介意拿性来作为工具和武器的女性。她显然厌弃和鄙薄吝啬邪恶的心性，这点在她不遗余力的花光朱大兴的家财上可见一斑，有人觊觎她的美色心生邪念，她也就顺水推舟小惩大诫。在她这里，女性三从四德或者守身如玉，不是值得追寻的价值，甚至我们还可以这样倒推：即便朱大兴好色吝啬，又和你霍女有什么干系？当然毫无关系，所有侠义之士的行径不都是本不关我事，但我就是看不惯要来惩恶扬善。豪侠们可以劫富济贫，霍女却是以身济贫，以身惩恶，这种价值观在今天看来都特别前卫，需要一定的勇气和智慧，才能有如此魄力和情怀。如果穿越到现代，也是一位女侠。

抛开加诸在文艺女青年身上的各种说辞不顾，单单观察她们的生活状态，无不围绕"美"展开，美丽的景色，美妙的音乐书籍，美好的生活态度和方式。人生在世不过几十年，有所寄情无论如何是好事，精神生活当然并不应当成为自骄于人的资本，但也完全不必害羞抱歉。就算喜好文艺是种病，得了也不必有原罪感——看看《聊斋》，你看人家都死了文艺病还没好呢。

《聊斋》众男：落魄文人和英雄想象

我先开宗明义，假如一个人谈到《聊斋》，所能得出的结论是：它不过是一部落魄书生意淫美人的故事集罢了。那我会谨慎地设想：第一，他对《聊斋》所有的知识也许只来源于影视剧改编、道听途说以及有限的几个所谓名篇；假如上述这一条被证明不成立，第二条设想就更糟了，那就是他也许只能看到他想看的。这涉及能力问题，至少在我这里是一个更为严重的指控。所以此上两种推测，我都很谨慎。于是我突然意识到第三种可能性，那就是他也许看到了假的《聊斋志异》，也就是说，选本选得很有倾向性，也就是说：它就是朝着固化"书生意淫美人"这个成见为目标进行的编选。这样的选本我没有看过，但是可以想象为了销量，出版社会进行怎样的操作。虽然从出版角度这样也无可厚非，但是实际的问题就出现了：我们进行对话的文本不一样，鸡同鸭讲那是难以避免的。

《聊斋》的版本学研究不是我的专业，依比较通行（但未必准确，以及学界未必有定论）的说法《聊斋志异》分十六卷共四百九十一篇。这些篇目中男性形象纷繁多样，当然了，我这里谈到的"男性"不包含男鬼、男神、男妖、男狐狸精（是的狐狸精也有男的，部分有双性恋趋向且极具吸引力），而仅仅是那些人间的男性，这些形象哪怕从今天的角度看也非常有意思。

《沂水秀才》讲了一个故事，说是一个秀才在山中读书（套路），夜半来了两个美人（套路兼套路）。这两个美人含笑不语，一个美人，拿出一块白绫铺在桌上，白绫上写着一行草书；另一个美人则在案上放了一块大约三四两重的银子——这显然是道选择题。秀才选了银子。两个美女笑盈盈收起白绫，手拉手出门了，丢下四个字："俗不可耐"。我们今天有强大的解构能力，可以轻松地把这道选择题里的道德压力消解掉，比如那块白绫也许是一方巨额银票；而更为直接的方式是拒绝答题：强烈要求加上你两姐妹的选项我再选。但无论如何，我们都无法回避一个问题那就是：一个人的精神价值到底在多大程度上可以从商业社会溢出，身为（貌似）读书人在无人旁观的境况下面对这样的价值拷问究竟该如何抉择？这个故事的结局显然符合了我们心理那阴暗的部分：看，一个读书人的虚伪。但深夜到来的两位美女显然是正确回答的奖励品，她们代表的价值观至今都没有被摒弃（虽然很大程度上被遮蔽），那就是对男性高洁志向和满腹才华的倾心。我至今也好奇那方白绫上的草书到底写着什么，如果是诗文，两个深山女鬼会抄谁的诗？故事的结尾也还是套路：两位美女走后，秀才一摸袖子里的银子，渺然无踪。

一个春天，读完聊斋　199

和沂水秀才同样路数的是另外一个故事的男主人公，叫《嘉平公子》。这位公子出身世家，年方十七，风神秀逸，是一个颜值很高的翩翩少年郎。他去参加考试偶然路过一家妓馆，看见有个漂亮的女子冲他笑，接下来也是套路，姑娘夜半前来，两人缠绵枕席自不多言。但这姑娘话说得很奇特："妾慕公子风流……区区之意，深愿奉以终身。"有一天冒着大雨前来，小脚上的锦缎绣鞋全是污泥，全身都湿透了，一片痴情可见一斑。当然，这位姑娘不久就被发现是一名早已死去的青楼女子。嘉平公子得知此事，拿来问她，她说：你想得到美娇娘，我想得到美丈夫，现在各自如愿，人和鬼又有什么分别？嘉平公子觉得她说的对。公子的父母得知此事当然不悦，但这位姑娘一片痴情，他们想尽办法也赶不走这个女鬼，然而最终使女鬼离开的办法，却简单极了。有一天，公子写了一张便条，上面全是错别字。女鬼看了便条，回想起来冒雨淫奔的夜晚，她随口吟诗而嘉平公子居然接不下去，鸳梦一下就醒了，在便条后写道："有婿如此，不如为娼"。这个怎么也赶不走的痴情的女鬼自此渺无踪迹。嘉平公子当然是徒有其表的绣花枕头，整本《聊斋》中，鬼的世界总是下一等的，暗无天日，充满痛苦、煎熬和折磨，饮食度日也只能仰仗阳间的供奉，大部分书生和女鬼的恩恋都类似于"拯救"这个母题：为死去的女鬼昭雪的，迁坟的，从恶鬼手里救出的，带她去投胎的，给她一个容身之处的，大量的篇幅里鬼都处在被动、接受和报恩的立场，但嘉平公子确是整本《聊斋》里第一个被女鬼抛弃的人类。

我们当然可以假设,这样故事无非穷且丑的落魄文人借女鬼之口揶揄那些出身名门、长相漂亮的秀才们,这完全有可能,毕竟用"羡慕嫉妒恨"也可以掩盖或者消解价值观取舍问题。但问题是,我为什么对这个故事如此心有戚戚焉?这样一个徒有其表、不学无术、全无趣味的人似乎充斥着视野,让人想到"满目疮痍"四个字。假如这是落魄文人的白日梦,那我也大胆忝列其中,就此落魄下去。

但是另一个叫王勉的书生,却在一个叫《仙人岛》的故事里活得非常幸福。这个书生有点才学,因此目中无人,把身边的同学朋友都挖苦了个遍,后来他走大运,遇上海难一番磨难居然娶了一位仙女为妻,但是呢,他的太太,这位叫芳云的仙女学问比他大,诗书辞赋无不精通嘴巴还比他刁蛮,夫妻俩几次引用古诗文拌嘴,书生都力不能敌,还是太太笑眯眯地劝他:"从此不作诗,亦藏拙之一法也",王勉的反应是"王大惭,遂绝笔"。在神仙的世界,男人有才学是一件不甚要紧的小事,在那个世界似乎有更为高蹈的价值可以追求,相比《嘉平公子》,王勉这位才学不够嘴巴还刻薄的书生故事就没那么凄厉,甚至圆满,那么我们无法不问:为什么?为什么王勉可以在历经劫难后被仙人世界接纳,即便他带着人类的种种缺陷?答案只有一个:因缘。

这是一个非常难以解释的词汇。《聊斋》中大多数女性的命运都归结为因缘,聂小倩遇到宁采臣,梅女遇到封云亭,瑞云遇到贺生。因缘的那一头连接的就是《聊斋》里那些男性。他们好端端的坐在家中读书（或假装读书）就会被花妖，狐仙，女鬼和仙女来搭讪，然后被迷惑、被侵害、被讽刺、被测试、被戏弄、被恳请、被托付、被爱或被抛弃。在人鬼仙的世界里，这些书生的形象并非如此完美，即便以当时的伦理道德来看大部分也都有相当的缺陷：懦弱无能（《邵女》柴廷宾），二三其德（《鬼妻》聂鹏云），朝秦暮楚（《嫦娥》宗子美），为人吝啬（《僧术》里的黄生），品格低下（《丑狐》穆生）。但同时，却又有那么多惹人喜欢的书生形象，《巩仙》里一诺千金的尚秀才，《青娥》里单纯可爱的霍桓，《聂小倩》里坐怀不乱的宁采臣，《梅女》里有情有义的封云亭，《林四娘》里能解人语的陈宝钥。书生们当然不只是坐在家里意淫女鬼，他们得读书，干农活，看小卖店，到日子得去赴考，得赡养父母，张罗家务，去庙里抄经，去开馆授学，他们也得有个营生。有些后来发达了，有些则一直落魄，有些娶了神怪，有些死掉且不自知。但是这些篇目中，好看的是花妖狐仙，而不是男性，在另外一些篇目中男性的形象就更加鲜活有趣了。

《聊斋》有一篇奇文叫《姚安》，说的是一个叫姚安的男子想要娶一个名叫绿娥的美人，就把自己老婆推下井淹死了。娶回绿娥之后，两人感情本来很好，但是姚安是个妒男，怕戴绿帽子，当真将太太深锁房中，出门也要拿斗篷盖住头脸，但最终还是因为一次误会杀了绿娥，被人告到官府用尽办法才免于一死，回家来得了癔症，总是看见有精壮男子和死去的绿娥做些男女之事。这就是典型的心理学上的强迫症和妄想狂了吧！本以为最后此人会因痴情而死，结果最后是气死的，因为家里被小偷偷了个干净。明清小说相比较唐传奇最显著的区别就是强烈的道德教化色彩：喜欢美色从来不是一件羞于启齿的丑事，这个基本价值观在《聊斋》里从来就不是问题，姚安遭受的苦痛究其原因是杀了原配，陈世美休妻再娶都是重罪，何况杀妻再娶。严格说，这不是一篇志怪小说，从现代心理学角度上来看，这是一篇细致描写精神病人精神世界的小说。另外一篇很有趣的文章叫《邵临淄》，说的是一位长期被家暴的丈夫不堪忍受，拿起法律的武器捍卫自身的权利，在一名县令的强力支持下，他的悍妇太太被打了三十大板，屁股都被打烂了。这种事情发生在夫为妻纲的前现代社会简直匪夷所思，最逗趣的是蒲松龄还在底下吐槽，说：这位县令大人出手如此迅猛，是不是吃过女人的亏呀？

还有一篇文章叫《冤狱》，这个故事非常惊心动魄：朱生死了妻子，请托媒婆代为张罗续娶，恰好看到媒婆的女邻居很漂亮，就开玩笑说：哈，她就行。媒婆说：你把她丈夫杀了我就给你张罗。朱生听明白意思，人家是有丈夫的，就哈哈笑说：好啊。这本来就是个玩笑话。却不料女邻居的丈夫不久之后真的被杀了。县衙捉拿了朱生和女邻居去，怀疑二人通奸，吃刑不住，妇人屈打成招。再来拷打朱生，朱生说了一段话，他说：妇人的皮肉哪里经得住酷刑，不过屈打成招罢了。现在她含冤待死,还背负通奸的恶名,就算是神鬼不辨是非,我一个大男人又于心何忍。我从实招来吧:是我想娶她为妻,把她丈夫杀死了,她什么都不知道,所有罪名我一人承担。

英雄救美的故事我们读过无数的版本,但是这一个确实是最惊心动魄的一幕。朱生并不真正认识这个妇人,这个妇人完全不知道朱生的存在。两个人的命运线在死牢里纠缠在一起。出手救美时,英雄总被赋予银盔素甲白马长枪的光环,他们救美的成本如此之低,低到我们总误以为那是每一个男人应当应分去做的。但在《冤狱》里却写得分明:救美的成本非常之高,不单要搭进性命还要搭进名节。宁采臣搭救聂小倩有燕赤霞帮忙,封云亭搭救梅娘有鬼神帮忙,但这个朱生面对的是一个陌生人,面对的是必死的结果,他不是救美,而是救人,换做任何一个不美的人我相信他也会这么做。这是非常奇特的价值观。我经常在想,是什么阻止了一个身患绝症的人去作恶,毕竟他要死了为什么他不烧了博物馆的文物,掐死邻居的孩子,往街道上扔燃烧瓶导致百十辆汽车连环车祸——死亡之手已经扼住他的咽喉,人间的法律还能拿他怎么样?为什么不伤天害理,为什么不人神共愤?一个从小循规蹈矩的孩子,一个努力赚钱的小白领,一个中年困顿的丈夫,一个老年丧子的老先生,他走到生命的尽头,是什么在阻止他和全世界决裂,把他曾经住过的街巷烧成一片火海?就因为那些满大街和他毫不相干的陌生人?

朱生明白自己深陷冤狱,回家跟母亲要血衣,可母亲哪有什么血衣,人不是儿子杀的。朱生说:你给我血衣,我也是死,不给,我也是死。早死早解脱。母亲含泪就走进内室,不一会儿拿出一件血衣来。

如果不是神鬼从天而降,痛斥昏聩的县令并指出真凶,朱生是一定要死的。故事的结尾是,被无罪释放的邻居妇人,既然已经死了丈夫,几年后也就被允许改嫁,因为感念朱生的义气,就嫁给了朱生。这是一个非常好的结尾,虽然真正实现的可能性极小,但正因为如此,我就更加感念《聊斋》肯给它这样一个结尾,不料何守奇这个混账居然在文末批曰:"妇后归朱,似亦可以不必矣。"——请问这种政治正确的人凭什么来做文艺批评?

《聊斋》里给我留下印象最深刻的是一个早早就死去的男性,叫孟生。"生"是古代对男子的称谓,大约等于今天的"先生",孟生就是指一个姓孟的人,这等于说我们不知道他叫什么名字。他出现在一篇叫《乔女》的故事里,开篇第一段他就死掉了,后面的整个故事情节他都无法参与,但是所有的故事却又全部围绕着他展开的。这位孟生,在生前做了一件事,那就是对县里的一名寡妇乔女一见钟情,而且非她不娶,但这件事没有办成他就一病而亡。那么,这位乔女是什么样的人物呢,值得他如此痴情。书上说乔女"黑丑,壑一鼻,跛一足。年二十五六,无问名者。"

一个春天,读完聊斋　205

城里有个鳏夫，家里贫穷无力续娶，才勉强把这个丑陋而且残疾的乔女娶走，三年后生了一个儿子后也死掉了。按照书中的描述，孟生遇到乔女的时候，她是一个黑丑、跛足、贫穷，带着一个拖油瓶儿子的寡妇。文中交代孟生颇有家资，妻子过世，儿子才满周岁，急着续娶，说了几家孟生都不满意，突然见到乔女，就非常高兴，暗中托人向乔女示意。乔女不答应，原因是："饥冻若此，从官人得温饱，夫宁不愿？然残丑不如人，所可自信者，德耳；又事二夫，官人何取焉？"意思就是，我现在贫困到这个地步，跟了您就可以得到温饱，但是我残丑如此，唯一能够自信的，无非是品德罢了，如果再嫁等于一女事二夫，连德行也有亏，那您娶我有什么意义呢？这一段的逻辑是个死胡同：如果你喜欢我就不许娶我；我也喜欢你所以我不能嫁给你。之所以这么拧巴只是因为一个德字。一女事二夫是德行有亏，夫死而守节这才德行高尚。从今天的角度看来，这当然非常荒谬，但历史自有上下文。孟生对乔女一见钟情的原因文中并无交代，只简单六个字"忽见女，大悦之"，我们无从推断孟生被吸引的原因，听完乔女这番言论，孟生"孟益贤之，向慕尤殷"，去向乔女的母亲提亲，母亲当然高兴，但乔女坚决拒绝了，乔母提出把小女儿嫁给孟生，孟生又坚决拒绝了。一个坚决要娶，一个坚决不嫁，坚持来坚持去，孟生就死掉了。

假如认为乔女封建思想重，但后文体现的完全不是这样：孟生死后乔女前去吊丧，极尽哀思。不要说古代，就是今天一个寡妇去男人丧礼上极尽哀思都需要极大的勇气。孟生的家财被村里的无赖劫掠瓜分,周岁的儿子乌头无人照管,朋友坐视不理,乔女就自己去县衙告状,她甚至没有合法的诉讼身份,但几番周折到底把孟家失去的产业又要回来了,而后抚养乌头长大,请老师来教他念书,又帮助乌头积累家资,修葺宅院,聘娶了名门的女儿,帮他独立门户,最后溘然长逝。一个人的一辈子说起来寥寥数语,过起来一针一线一桑一麻,一寸光阴一寸灰。《聊斋》里那些花妖狐仙的故事当然引人入胜,但动人心魄的却总是这些现实感极强的作品。假如说有任何超现实的情节,那就是我们始终会问:为什么?孟生当初为什么"忽见女,大悦之"。这是一个极具想象色彩的人物,我们会怀疑现实世界中是否存在过或者真的会存在这样的人物,文中对他的生平和描述不过几十字,死得很早,却值得乔女用尽一生来报答。乔女在孟生死后有一段非常动情的表述,她说:我因为很丑陋,被世人看不起,只有孟生能看重我;从前虽然拒绝了他,但是我的心早已经许给他了。如今孟生死了,孩子还小,我认为我应当做一些事来报答知己之恩。——好一个"知己之恩"。乔女已经不是"女"而是"妇",她的丈夫是那个死去的鳏夫叫穆生,她本应叫穆妇。孟生生前她没有和孟生说一句话,却在他的棺椁前掉过眼泪;她没有拿过孟家的一分家财,死后也坚决不和孟生合葬,但是她却不顾男女大妨说过"然固已心许之矣"。蒲松龄也是通的人,把篇名定为《乔女》而非《穆妇》。日本人对纯爱故事非常热衷,像《情书》这样的电影和文学成为

一个春天,读完聊斋

类型片在东亚范围内拥趸颇多。但我心窃认为《乔女》才算重量级纯爱电影，两个没有名字的人，并非基于荷尔蒙或生命的易逝感才短暂的互相成全，它是硬桥硬马在尘埃里打过滚淬过火，经历过两心相知、生离死别和漫长的人世艰难，因此有信念，有重量，有坚持，假如真有脱离性的纯爱，它在我眼中就是这样的。

女性声张自身的权利正是这几年的事，我们要求在政治和制度层面上对女性权利进行基本的保障，但是人所共知，女权成为人权的一部分之后，它的道路就极其艰难，渐渐在泛文化范围之内成为一种与男性敌对的情绪，似乎女性被压迫的根源是男性，而非被男权思维固化了的一套社会生产和组织方式，这里头荒腔走板的误读和误解真是一笔烂账，不堪细说。这种敌对情绪在文学解读时会导致一种简单粗暴的理解，最典型的莫过于认为《聊斋》不过是落魄文人在意淫美女——这种认识同时贬损了《聊斋》、男性以及女性自身。

《聊斋》中男性形态各异，即便在强烈的道德教化之内人性的个体色彩和善恶优劣依然有丰富的表达和溢出。我们看见有令人不齿的男性，也看到非常令人敬慕的男性。有些是落魄文人，但更有大篇幅的贩夫走卒、商贾掮客、卖梨者、耍蛇人、跑江湖、打把式、卖艺的。前现代社会，婚姻重点并不基于爱情，那些古人的爱情欲望是怎么排遣掉的我们今天只能从零星的诗词曲赋里揣摩，进入现代社会爱情成为高扬主体性的一面大旗之后人们迅速集结于此。我们对男性的想象突然无比苛刻：兼具前现代语境下的英雄色彩以及后现代社会的专情要求，很大程度上我们都在脑海有一个范本，对照现实时义愤填膺怨声载道。我们不承认男性的千姿百态，不接受男性也有人性的弱点和黑暗，不原谅男性出现任何非想象中的形态。这种英雄想象如此之理直气壮，我们甚至忘掉了宁采臣虽然坐怀不乱但是后来又娶了妾，忘掉了男人为了得到女狐狸精的钱财而委身与她，甚至我们也不太在乎大多数的书生非常善良但才情却相当一般，那些乐天知命的平凡人，那些路见不平拔刀助人的义人，那些遭逢不公三下阴间状告阎罗的好汉，那些同样为女性不专情备受折磨的迷途之人，都被碾碎在这被构建了几百年的英雄想象之中。好在《聊斋》这本琐琐碎碎的不入正统的故事集，因为毫无野心，反倒留下了那么多名姓模糊的，区别于黄钟大吕、家国天下的男性形象。那么日常可感，就像你在车站码头或者便利店随处可见的那些平凡人，各有优劣，各有哀愁，和那么些花妖狐仙神仙鬼怪分享着世界，在时光深处偶尔一闪就熄灭，成全一段旁人不知的离合。

《聊斋》众女：恩义才是人和人之间最吃重的部分

《聊斋》中有一篇叫做《青梅》的，讲了这样一个故事：青梅本是狐女所生，因为家庭变故，成为孤儿，被本乡一个候缺的王进士买了去，给他女儿做侍女。这个青梅既有一半的狐狸血统，当然就非常美丽聪颖，然而王进士的女儿阿喜也不遑多让，虽然只有十四岁，但按书中的说法她也"荣华绝代"。两个小姑娘一见之下非常投契，同吃同住，形影不离。

接着必然就出现一个书生，该书生姓张，是一名家庭贫困的优秀青年，因为恰好租住王进士家的院子，就不可避免的和二位姑娘发生了一段故事。故事是这样的：青梅在偶然的机会认识了张生，看他孝顺知礼，断定此人不会久居人下，便想要撮合阿喜和张生成就一段佳缘。这个想法虽然由于王进士的嫌贫爱富而终告失败，但青梅毫不气馁，转而谋求把自己嫁给张生。这当中存在诸多阻力，比如主人是否同意，即便同意，她的赎身钱对于张生来说仍旧是一笔大数目。然而在阿喜的大力协助之下，青梅的第二次努力最终成功了。

书生遇狐的故事到此为止，接下来讲的是阿喜的事。青梅出嫁不久，王进士得到山西一个官职，全家随迁而去。到了山西，王家的命运一落千丈：先是王夫人过世，接着王进士仕途受挫，资财尽散，遭遇时疫接着染病身死，只余一个老妈子陪着阿喜，然而老妈子不久也就死了，剩下一个阿喜流落人世，既不能埋葬双亲，又无法度日。出于自尊心她先是不肯做妾，及至打熬不住到底做了妾，又被正房妻子棍棒殴出，无计可施之时被山寺的老尼收留，又因为姿色过人，受到无赖的持续骚扰，以至于不得不央求吏部出面对此类行为加以惩戒。消停了一年多，寺里来了一位贵公子，仗势欺人，逼迫阿喜为妾，后者不从，自杀也没有成功，可谓是上天无路入地无门，情势紧急，阿喜泪如雨下。正当此时，寺外天昏地暗，暴雨如注，小小寺庙像是沉没在浑浊的江底。大雨中突然有人急拍寺门，浩荡车马前来避雨。来者不是旁人，正是青梅。此时的她是个官太太，仆从众多，车马华贵。阿喜和青梅在山寺重逢，执手相看泪眼，别来沧海事，语罢暮天钟。故事是这样结束的：青梅力邀阿喜共同服侍业已富贵的张生，二人不分大小，皆有儿女，于是张生上书禀明皇上，天降御旨，阿喜和青梅同被封为夫人。

通观《聊斋》中的狐精，青梅是狐性最淡的女性之一，除了漂亮聪颖（也未超越人类女子的一般程度）之外，并无令人侧目的特殊本领。救助了孔雪笠的狐女娇娜医术高超；《狐谐》中酷似王熙凤的狐女会隔空取物；《胡氏》中的狐女则"能预知年岁丰凶"。或可如此解释：青梅是一名"狐二代"，因混同了人类卑贱的血统而法力尽失，但同为"狐二代"的婴宁，却依然保有化朽木为女阴用以惩戒浮浪之徒的法术。比较下来，很难不得出这样一个结论：青梅就是一个地地道道的人。

青梅确实经历了只有人类才会经历的悲剧：其母虽为狐女，

却因生不出儿子，丈夫续娶而大怒，继而弃家出走，其临别寄语如下："此汝家赔钱货，生杀俱由汝。我何故代人作乳媪乎！"初读很难不对这番言论感到惊异，这委实不符合我们对一名狐仙的期待。不多久父亲死了，青梅被寄养在堂叔家，堂叔无德，要把青梅卖掉以自肥，算她运气好，因为长得漂亮，被王进士买走了。

即便在古代，一个孤儿的生活也同样悲惨，童年的动荡和本身的聪颖，使得青梅懂得为自己谋划未来。她与张生的婚姻很难说是基于纯粹的爱情，毕竟最早她想把小姐阿喜嫁给他。为什么呢？因为这样一来，作为阿喜的陪嫁丫头她就可以随嫁到张家；为什么要随嫁到张家呢？因为她看准了张生日后必定飞黄腾达。青梅对张生的看重，落脚点在一个"孝"字上。文中对张生之孝的描写不得不说略显做作，但鉴于"孝"在古代伦理美德中无可匹敌的地位，不妨将之解读成对蓝筹股张生核心价值的简洁描写。与《聊斋》对大量花妖狐仙与人类之爱富有情趣的描写不同，青梅对张生产生的情感几无着笔，如果有，最准确的描述是一个"敬"字。

被厄运罩顶的阿喜，我们可以假想为一个被四处贩卖、没有遇到阿喜和张生的青梅。父母双亡之后，青年时代的阿喜成了孤儿，漂泊湖海，无处容身，承平时代可以自骄的美貌，目下都成了可以致命的灾祸。厄运像狗一样撕咬着她，任她做妾、出家、自杀都无法摆脱。蒲松龄故意在阿喜困厄之际让一位贵公子来到山寺，让人误以为这会是一出英雄救美的故事（毕竟"贵公子"让人起了"年轻且有钱"的联想），但该贵公子的救援仅止于纳她为妾，而屈身为妾，是从濒死之境爬出来的阿喜所不齿的。（说句题外话，看多了《红楼梦》会有一种误会，认为做妾并不太坏，毕竟尤二姐是妾，周姨娘、赵姨娘是妾，香菱是妾，袭人最早的打算也是做妾，连通房丫头平儿似乎也算有头有脸，但事实并非如此。）

两个女孩就这样相继在这令人惊惧的人间滚爬。使人心惊的不只是命运的转折，而是命运的转折竟如此轻而易举：父亡、母丧、家贫、凶年、离乱，一切发生的如此自然，死亡和败落往往在一行之内就能完成，几个"干燥"的词汇就能描述其全部过程，无须过多的解释和说明，即便是《聊斋》这样一本注重因果的小说集也没打算为这毫无来由的厄运进行辩护。因此我们就看到这样一副图景：两个完全没有罪过的女孩，在漫无目的的恶意之中苦苦求生，她们的毁灭和生存，只能指望运气，而这命悬一线的运气，和前生后世、亏欠报还毫无关系，既无法赞成，也无法反对，既无法准备，也无法总结。

有了这样的认识，阿喜和青梅之间的感情才有被解释的可能。这不是两名小女儿之间的所谓闺蜜情感，仅基于共同的记忆和时光，而是基于更深刻的生命经验，那就是对无常的恐惧、惊骇、无可奈何与挣扎。世事艰难，人心自古都是肉长的，身陷无法承受的痛苦之中,总是倾向于相信神仙皇帝,而不去思考它们是否不可理喻,或者恰恰是因为它们的不可理喻,才能形成对命运之不可理喻的唯一有效对抗。而《聊斋》则走了另外一条路,它向下相信阴曹地府,魑魅魍魉。它不仅相信因果轮回、善恶有报,同时也坚信生死无常和毫无来由的恶,相信人在世间的无能为力,相信人和人的善意绝非必然。作为鬼故事集的《聊斋》非但不吓人,还相当抚慰人心。那些花妖狐仙大多随性而为,出手救人时并不以被救助者的道德无损为前提,也不太有严格的惩罚制度。于是就出现这样一种局面,那就是:即便放弃最宽泛的标准,《聊斋》中的主人公们——无论是遇鬼的书生,遇仙的村人,寂寞难耐的狐狸精,还是投胎不成的溺死鬼——也总是显得比较可疑:动机可疑,行动可疑,品行可疑,人(鬼)格也可疑,也就是说,他们不太依照理应如是的道德标准来行事。但话说回来,正因为这些有缺陷的人、鬼和妖,《聊斋》才愈发显得令人亲近——说到底,谁又是无可挑剔的呢?

回到这个故事来。《青梅》既没有神仙鬼怪,也没有前生后世,它是一篇彻彻底底的写实小说,讲述了两个女孩在人世颠沛流离,互相扶持,最终一起过上好日子的事。没有情爱,怨怼,因缘,亏欠,她们是清白无损的两个人。当年青梅私奔张生,阿喜掏出私房钱力主为她赎身,阿喜山寺困厄,青梅将其接回家中,取珠冠锦衣,重新撮合阿喜和张生。洞房之时,青梅这么嘱咐张生:"今夜得报恩,可好为之。"这就是《聊斋》最感人的价值观:只有恩义,才是人和人之间最吃重的部分。

《聊斋》全书近五百篇,内容涉及枉死、诈尸、地震、复生、教乱、冤狱、离乱、学道、捉鬼、灭狐、瘟疫、复仇,有些篇目仅仅记录了一桩无可解释的奇闻逸事(如《种梨》)或一门令人惊奇的技艺(如《口技》)或仅仅是违反了常情常理(如《金永年》),真正描写男女情爱的篇目,并不占多数,就卷一而言,三十三篇中仅《画壁》一篇涉及书生和仙女的欢爱。尽管如此,我们依然执着于一种印象,即:《聊斋》是一部爱情小说集。

这种误解来自:《聊斋》是用文言文写的,这对原典阅读是个不大不小的障碍,其大众普及方式,除了白话译本外(篇目多不完整,水平参差不齐),多以影视改编为主。得到影视改编的篇目大多涉及男女情爱,这当然是基于影视创作的原理和商业上的考虑,同时,在改编过程中,从情节到神韵,不可避免大量俯就今人审美和伦理的改动。以《聂小倩》为例,原著中宁采臣早有妻室,小倩仅是鬼妾,且在小倩之后宁书生又纳了一房妾,原著花费大量篇幅描写聂小倩作为一名女鬼,是如何进门当媳妇,并最终得到宁老太太的认可,从而成为正房夫人的。而在徐克监制的《倩女幽魂》里宁采臣则被改造为符合现代口味的高颜值情种,人鬼恋基本上是人人恋的复制品。另外一个例子就是胡金铨导演的《侠女》，电影本身艺术价值极高，但和原著《侠女》相去甚远。总的来说，影视戏剧语境下的《聊斋》强调了戏剧性和传奇性，原文中未知的神鬼世界的留白，系数被今人的逻辑和道德观念补齐。一方面，这使得故事能符合现代人的思维习惯，另一方面，不得不说，大量细节甚至情节的篡改，此《聊斋》已非彼《聊斋》了。

作为文学被接受的《聊斋》境遇也非常奇特，一方面，不难想象这本描写因果报应、人鬼狐怪的文言小说在四九年之后遭遇的困境；另一方面，蒲松龄故居又高挂着无产阶级文坛领袖郭沫若的对联：写鬼写妖，高人一等；刺贪刺虐，入骨三分。是的，《聊斋》被片面接受了。直到今天，在教科书式文学教育中，认为《聊斋》最具价值的精神有二：其一为刺贪刺虐，即反映封建时代黑暗统治，如《促织》《商三官》；其二为反抗封建婚姻，勇于追求自由爱情，如《青凤》《连城》《青娥》——这使得蒲松龄很像一位"左翼作家"。除去一些劝人向善的篇目外，剩余大量的作品被刺上"糟粕"的金印自此丧失了合法性。但不得不说，《聊斋》的魅力恰恰生长在这些"糟粕"之中，它们以碎片方式，保存了一种迥异于今天的时代气氛，简单来说，就是人鬼仙共存的世界观，万物一体的平等观，死生不息的生命观和恩义信的伦理观。

而作为女性文艺（区别与文学）对象的《聊斋》，基本上是这么个情况：《聊斋》女性同《红楼梦》女性、金庸武侠女性、民国女性群体一道，成为女性情感话题常规的迫降点。但《聊斋》的特殊困难在于，作为文言小说它并不以提供独特、鲜活的人物形象为己任——当真掩卷沉思一番，除去少数特例，想要把众多面目模糊的书生和女鬼从近五百篇中准确抓取出来，委实有难度。若说这些群像或故事有共性，最便宜可感的，就是书生很穷而女鬼很美，而穷人又总能以极低的代价睡到美鬼——虽然真实情况并非如此——那么，得出这样一种结论也就不费脑筋：整本《聊斋》无非是穷酸文人的意淫。于是就出现一副非常独特的场景：同在女性情感语境之下，《聊斋》在上述几部作品中被阅读的最少，被误解最多，得到的批评又甚，批评的对象也主要针对连全名都没有的穷书生，批判核心也很简单：凭什么？

《聊斋》中有一篇奇文叫做《侠女》，说了这么一个故事：金陵有一个书生，姓顾，为人孝顺，但家境贫寒，只能靠写字作画来奉养老母亲。他家对门有一对母女，更加贫穷，家徒四壁，经常得到他家的周济。这家女儿非常漂亮，但冷如霜雪，出入拒人千里之外。顾母曾想撮合儿子和她结为婚姻，没有成功，但爱她是个至孝之人，依然嘱咐儿子送去米粮。这女子也就帮着顾母裁衣做饭，出入堂中，和儿媳妇没什么两样。顾母生病，女子尽心照料，老太太心感不安，悲叹顾家没有福德娶到她这样一位好儿媳，恐怕是要绝后。女子并不答言，却对顾生更加冷淡了。这一天，女子料理完顾家事，突然主动和顾生欢好，却明言仅此一次。

第二天再想亲近，女子复又如以往那样冷漠。顾生还没来得及痛苦，女子却自食其言，又一次来与他燕好，天明复去，又是一副不可侵犯的死样子。

后来女子的母亲病死了，顾家很有情义，尽全力把老太太葬了。有天夜里，顾生去找现已独居的女子，却接连两次发现女子深夜外出，就疑心她与人私会。女子对此不置可否，只告诉他一件急事：她怀孕了，临盆在即，因为没有夫妻名分，不便生养，请顾母去请一位奶妈，对外只说这是抱来的孩子，绝不要提到她。顾母听了大喜过望，想娶她，女子又不肯。几个月之后，女子生下一个男孩，趁着夜深无人让顾母抱走。

过了几天，女子夜半前来，要与顾生永诀。顾生惊问缘由。原来女子生于大户之家，其父为仇家陷害被满门抄斩，她带着老母逃了出来，在此隐姓埋名，之所以不复仇，是要为母亲养老送终，后来又因为腹中有婴儿，拖延了一阵，今夜大仇得报，平生再无遗憾。女子说完抖开手中的皮口袋，一颗鲜血淋漓的人头应声落地。女子又说："你对我母亲的恩德，我片刻不曾忘记。但我所能报答的不是床笫之欢，而是为你顾家留下一丝血脉。本指望一次受孕成功，不想又来了月经，所以才有了那第二次。我生的孩子你要好好养大，你福薄命短，但他可以为你顾家光耀门楣。夜深了，不要惊动老母亲，我走了。"顾生心甚凄凉，正想问她到哪里去，女子身子一闪，像电光一亮，就不见了。

即便在《聊斋》这样一本奇书之中，这篇《侠女》也是一个极具魅力的异数。作为文学作品它的叙述方式非常奇特。侠女的身世涉及江南权贵间的倾轧、构陷、灭门、出逃、蛰伏、孤女复仇以及最终绝迹江湖，几乎涵盖了宏大叙事所需的一切要素，故事自身的张力为叙事提供了比《商三官》和《席方平》更为凄厉、激愤、惨烈的宏大叙事场域，但蒲松龄却弃之不顾。他不但舍弃了大叙事，甚至从根本上舍弃了大故事。我们今天看到的《侠女》，没有一笔关于惨烈往事的直接描写，甚至蛰伏三年最终手刃仇家的大场面，也极度节制，只在装着人头的皮口袋上有短暂的聚焦，《侠女》的故事主体，是在穷街陋巷之中两户穷苦人家之间的一段情感往事。

与古代不同，现代爱情具备了一些宗教特征：有松散的规定、仪轨、象征物、符号、节日、庆祝活动，得到共识的评判标准，以及不成文的惩罚条款。"爱情是一种信仰"这种表达非但不会引起疑问，相反，它能给予说话者一种底气，毕竟有信仰的人不可侵犯。然而，以今天的情爱观考察《聊斋》，很难对其中的爱情事件感到满意：书生们的贫穷、浮浪、猥亵、二三其德令人沮丧，而女鬼们的委曲求全和过于贤淑也缺乏充分理由。说到底，还是那三个字：凭什么？

一个春天，读完聊斋　219

但这些问题在《侠女》几乎不存在。这位冷若冰霜的美人没有爱上顾生,至少我们看不到有任何直接证据表明她对后者发生了爱情。这个故事中,有一些似是而非的因果关系:侠女她不嫌污秽,照料顾母,是因为顾家接济她母女二人;杀了与顾生有私情的男狐狸精,因为怕它妨害顾生;为顾生怀孕生子,是因为顾生家贫无妻,为他家延续香火。之所以说"似是而非",是因为按照今天的逻辑,你借米,我还米就好。但人同此心,心同此理,我们明确地知道这不是还债,而是报恩,这里面不是物物交换,而是夹杂了丰富的情感往来。照料家事,供养婆婆,清除狐狸精,传宗接代,这一切古代女性必须依据"名分",而现代女性会且仅会基于爱情而完成的任务,侠女都在不牵扯身份与爱情的情况下超一流地完成了,相当果决,且富于行动力。假如人生有一个主题,那么侠女的主题不是婚恋,而是复仇。这一主题与顾生本来毫不相干,仅仅因为顾家住在隔壁,对她母女二人有柴米之恩,她的人生才出现了第二个主题,就是报恩。报仇和报恩,在古代是人伦大事,远比情情爱爱更为严肃且终极,作为一种绝对的自我道德律令,它被提到一个人是否有资格被称之为"人"这样的高度上来,直接决定人生价值与自我认同。女性报恩的手法众多,卖身葬母最为典型,宋江和阎婆惜的孽缘就起源于此,这种方式虽曰报恩,但多少也有寻找托付的意思,真计较起来,也算投桃报李。而侠女的惊人之处,却恰恰在恩与报的强烈悬殊。穷帮穷,无非也就是舍口粥饭,而侠女已经肯伺候顾母的妇科病,真算滴水之恩涌泉相报了,然而把整个名誉,身体,报仇大计甚至骨肉都不做计较,其直接、果决和极致即便在《聊斋》中也绝无仅有。原文中关于侠女分娩的场景,是这么写的:

又月余,女数日不至,母疑之,往探其门,萧萧闭寂。叩良久,女始蓬头垢面自内出。启而入之,则复阖之。入其室,则呱呱者在床上矣。母惊问:"诞儿时矣?"答云:"三日。"捉绷席而视之,则男也,且丰颐而广额。喜曰:"儿已为老身育孙子,伶仃一身,将焉所托?"女曰:"区区隐衷,不敢掬示老母。俟夜无人,可即抱儿去。"

"蓬头垢面"四个字真是道尽辛苦,再联想到她身怀六甲夜探仇家,临盆不久立刻手刃仇人,真无法对这种身心上的双重煎熬视而不见。当然,我们可以想象这是一位身负异秉的神仙娘子,浑身都是铁,但事实上,作为一个连老母都无法养活,无法埋葬的普通人,她没有任何人可以求助,不这样,又能怎样。富人报人以财,贫人报人以义,男人报人以命,作为女人,侠女把她能给的一切都报还了。

大仇得报,深夜永诀,正说明侠女非但毫不冷漠,而恰恰是一个情深之人,身为凶手,无法久留,对儿子和顾母的惜别,冷静而情深难掩,但也就止于此。性是否必须以爱情为前提,孩子该不该成为报恩的手段,同态复仇是不是理性,以及"恩义"二字是否真具有无可置疑的合法性,这是现代伦理的困境,对古代人完全不是问题,他们的恩义观朴素到不符合现代文明:杀人偿命,欠债还钱,有仇必报,有恩必酬,这才是古人的世界。《聊斋》中,有大量的篇目都在描写(并非歌颂)这种情感,异性之间如《乔女》(其极致程度甚至超过《侠女》),人鬼之间写的最精彩的是《王六郎》,人和动物之间是《蛇人》,人狐之间的如《娇娜》,自己和自己之间如《叶生》。这些篇目的主旨都不是爱情,却因为"恩义"二字最是《聊斋》神韵之作。说到底,人也好,鬼也好,畜生也好,男也好,女也好,众生皆苦,都在六道轮回不得解脱,贫穷、病痛、残疾、离乱、凶年、冤死、罪恶、报应、煎熬,不可胜数,生无尽头,死也无尽头,如此艰难而漫长的生命,彼此给予安慰,是人之为人的应有之义。

今天读《聊斋》总要抽一口冷气:社会化分工如此之高,仅仅依靠经济而非关系,就能相对独立的解决生老病死这些基本大事;加之对个人独立价值一再高扬和强调,报恩这件事就显得古怪而不合时宜,别说受恩与人,甚至连施恩都成了一件令人为难的事。我们偏好"两不相欠"这种干净的关系模式——虽然我们的"两不相欠"与绛珠仙子和神瑛侍者的"两不相欠"不是一回事——于是,爱情就成了一个难题。我们既不愿意去欧洲童话里等待被人拯救,也不愿意来《聊斋》里拯救穷书生。我们更喜欢"对等",而这个"对等"看上去又多么像是"平等"啊。

《聊斋》中有一篇小故事叫《祝翁》,说的是一个姓祝的老汉一病而亡,家人就着手料理后事,正忙乱间,祝翁又活过来了。活转之后,他只跟老伴儿说话。他说:"我适去,拚不复还。行数里,转念抛汝一副老皮骨在儿辈手,寒热仰人,亦无生趣,不如从我去。顾复归,欲携尔同行也。"家里人只觉得祝翁说胡话,并不当真。但祝媪是这么回答的:"如此亦善。"然后去料理好家事,简单梳化了一下,和老头子并排直挺挺地躺在床上,一起死掉了。这是一个感人的故事,把它叫做典型的"聊斋爱情故事",我认为一点问题都没有。

《聊斋》众女:生人类的儿子,得人间的幸福

和《红楼梦》一样,《聊斋志异》是一本奇特的书。《红楼梦》的奇特之处在于"读不尽",白先勇表达过这样的意思:在不同的人生阶段,会对《红楼梦》有不同视角的思考。他这个说法很对。小时候爱看园子里姑娘们谁跟谁好,大一点爱看三角恋,成家立室爱看大观园里的经济账怎么算的,现在喜欢看各种建筑、庭院和房间陈设,爱看逢年过节怎么组织管理,也喜欢看遍布各处的奇花异草。《聊斋志异》则是"读不完"——就是字面意思的读不完,跟内容阐释毫不相关。为什么读不完呢?首先这是一

个"事实"：这算一本短篇集，编纂的思路不符合现代的编辑方法，再加上这是一本枕边书，经常是随机翻开一页就看，按照概率总有篇目会永远翻不到看不着。所以真的是"读不完"。另一个原因是感觉：众多故事都有相似的面孔。

所谓相似，当然不仅仅指故事情节方面，还有内部的叙述结构和技巧，更有深层的价值取向尤其是伦理追求。说到《聊斋》最为相似的主题无非是"书生夜遇女鬼（仙怪妖）"。但细究起来，全书类似的主题的篇目还真不占多数，而且写得好的篇目这个主题的也算不上占优。但这个主题话题性最大，共情面最宽，流传性最强，艺术性很高（最字我不敢说），而且思想性也最深，其具体表现之一叫"以情抗礼"。这个礼指的是礼法，就男女问题上来说就是我们平时所知道的男女大防：男女自由恋爱那叫淫；没有经过媒人说合及父母的首肯而结成的婚姻也叫淫。但女鬼和花妖狐仙们是不在乎这一套的（也有少数例外），她们要么游荡阴间，要么行止泉林，要么孑然于世，没有精力、资本，很大程度上也没有兴趣和动力来搞这么一套繁文缛节，所以经常就月色清朗之时与西窗之下翩翩而来，但行好事，莫问来处。

男欢女爱的相遇有千百种，相守又当如何呢？花妖狐仙鬼魂这一众女孩子们遇到心上人，相遇相亲，最后是"如何从此过上幸福的生活"的呢？在这个问题上，蒲松龄或当世人（假如真如蒲松龄所说，他是"于制艺举业之暇，凡所见闻，辄为笔记"，那故事的结局就不是他原创的）委实没有什么想象力，除了少数例外，这些女孩子们最后的归宿，无非有二：要么给丈夫买好小妾生好儿子绝尘而去；要么就红尘作伴结婚买房生儿子——二者的共性是"生儿子"。

抛开影视剧的影响，回到《聊斋》原文中来考察一下《聊斋》女性大V们的结局，它们大都是这样的：聂小倩被宁采臣搭救之后，带回家里，不多久原配妻子病死，经过母亲的首肯小倩当了正房夫人，过了几年宁采臣进士高中，聂小倩先后生了两个儿子，给宁采臣娶了妾，妾也生了儿子。爱笑的婴宁是王子服明媒正娶的正房夫人，生了个儿子，儿子也爱笑。小丫鬟青梅和小姐阿喜先后进门却同为正房夫人，青梅生了两个儿子，阿喜生了四个儿子。神仙姐姐青娥生了个儿子，带只把孩子交给婆子和丫鬟们，最后返回仙界了。嫦娥作为宗子美正房夫人，最后踏踏实实和狐狸精一同伺候丈夫，肋间生出一儿一女。刘赤水正房夫人凤仙没生孩子，后来纳了妾，妾生了两个儿子。小梅成为王慕贞的正房夫人，生了儿子，纳了妾，妾生了女儿。狐仙小翠成为元丰正房夫人，但不能生育，因为一点口角想尘缘已尽，于是为丈夫张罗好和自己长得一模一样的新媳妇，而后渺无踪迹。《聊斋》里非常耀目的另类女性霍女，先后败了两男之后，跟着贫穷的黄生一阵子，后来为黄生娶了阿美，阿美生了儿子，霍女也不知所终。长相普通，但却才情满腹的女鬼吕无病,不能生育,始终为妾,为了养育大房的儿子而至魂飞魄散。

这张名单可以继续加长,但是除了少数例外,不外这两种结局。要是从现代眼光看,所谓爱情真是虎头蛇尾,既然相爱何苦纳妾,既然相爱何必分离?这些对今人是问题的问题,搁在三百年前根本不是问题。《聊斋》虽然有"以情抗礼"的女性,但斯世斯时有两块伦理的基石不可撼动,一是"孝",一是"有后"。

关于"孝"的至尊意义我们另开文章说,这个"有后"的基本价值观的展现倒是有多个角度:有些是做了好事,作为神明的奖赏得到一个儿子;有些是作为报恩,将前世的情义继续延伸,这一辈子来当子女报还,比如《褚生》中为报师恩投胎到他家来当儿子的;有些是作为神明的惩罚,来惩戒犯错的人,比如《吕无病》中凶恶的王氏居然自己掐死了亲生的儿子;有些是作为祝福,来极力铺陈主人公如何富贵双全别无遗憾,这一类的尤其多,并且着重强调儿子们后来为官做宰很有出息,最典型的当属《细柳》,细柳死了丈夫,带着一个继子和自己的儿子,满手的烂牌全凭细柳一力打好,继子金榜高中,亲儿子读书不行做生意很灵,俩儿子一个贵一个富,真算得上大团圆的喜剧结局了。很奇特的一个儿子堪称《乐仲》里那个从来没有男女之事的、天生有佛骨的乐仲,为了不使他的人生有缺憾,居然也让只进门三天且全无行房记录的前妻怀了他的孩子，且全篇没有做出任何技术性说明，解释一下这个孩子到底算哪门子的事情。但要说传奇指数爆表的，当属《聊斋》最奇情的故事之一《侠女》篇中，侠女身负血海深仇之际替邻居公子生下的一个儿子。这个儿子不是正当婚姻内的孩子，甚至也不是爱情的结晶（侠女和顾生谈不到有什么私情），而完全是用来报恩的手段。

古代人的精神世界我们是很陌生的，在那样一个基于血统的宗法社会中，没有儿子是一件非常严重的事情，我们当然可以不认同，但这个问题当然存在，《聊斋》有篇文章叫《段氏》，用非常写实的手法描述了一个中产之家的太太由于没有儿子，在丈夫死后面临的困境，不单有精神层面的，还有经济层面的。因此那时候的女性也有特别的自觉，为人妇是要负责生儿子的，如果生不出来，为丈夫纳妾是分内之事，断人子嗣与杀人父母同罪。《聊斋》这些鬼魅狐妖在相识之时可以逾越诸多礼法，从坟墓里出来，从画上走下来，夜半时分一挑门帘进来，从西墙跳进来，可以挖洞进来，甚至真的可以从天上掉下来（见《邢子仪》），一对佳偶可以在坟堆里偶遇，在醉中偶遇，在梦中偶遇，在荒山野岭里、深宅大院里偶遇，爱情的发生方式有千百种，但幸福的结尾方式只有一种，那就是包含但不仅限于有一个儿子。

这些鬼魅花妖狐仙有没有生育能力，基本在两可之间，《聊斋》

本身也没有定论,妖精们似乎也都看心情信手拈来:最风华绝代的曹国夫人那是牡丹神,是生了孩子的;吕无病是个女鬼,可以缠绵枕席但始终没有生育;神仙姐姐锦瑟好像会避孕法,同房没问题,生孩子是丫鬟代劳;聂小倩是个纯鬼魅,生孩子却毫无压力;狐女小翠被鬼妈妈带大,没法生育——总的看来,能生不能生,大约是个概率问题,并不因为不是人类就确证不能生,但是想生不想生,神仙花妖们似乎有一部分是自己说了算的,从这一点上说,"非人类"确实占有更多的优势。

古人的精神世界也不是凭空而来,一个儿子的价值从社会、历史和道统的角度上来解释,都能论证出其必要性(其中当然也就隐含着合理性),身处现代的我们回头读《聊斋》,如果立足于批判其"幸福"概念的局限性,多少有点借古人的酒杯浇今人的块垒,加之于现代女性身上的枷锁也是历史的负资产,对这些东西进行清算那是另一个话题。我们倒是可以试试等量置换这样的结局:"宁采臣带着小倩回家,不几年,这个穷书生就考上公务员了,然后单位福利分房,三环内有个套二,恰好此时旧居改造,政府征地,原地补偿了三套房。从此他们过上幸福的生活。"这样的结局,从今人的价值观和伦理观来衡量,当然是值得高兴的(哪怕离幸福尚有差距),毕竟宁采臣救人一命,做了善事需要得到奖赏,但是谁知道三百年后那时的人会如何掩口胡卢而笑呢。

《聊斋》当然算不得超拔出尘的巨著,像《红楼梦》那样直接针对整个主流社会的价值观,但《聊斋》有《聊斋》的好处,因为它的一部分平庸,反而比较完整的保存了那个时代的毛茸茸的微生态,人是怎么和世界相处的,人和人是如何互相作用的,女人是如何在罗网密布的世界里生存的,她们的欲念和行动,她们的责任和困境。哪怕就如很多人所说,整部《聊斋》仅仅是落魄文人的白日梦,那么也可以考察一下,在这样一个白日梦里众多女性是如何与现实接轨的,她们如何从秘境而来,带着非人类的特征降落到人类的语境当中。她们当中有些来过了,看过了,走了,比如那个不知所终的奇女子《霍女》;有些留下来了,比如《婴宁》;还有一些因为人类的愚蠢烟消云散,比如《阿英》和《爱奴》。我私心揣摩,人类的一生哪怕就是一座牢笼,其中到底必有可爱之处,否则投身其中又所为何来。然而,如果我们没有神仙姐姐的法术,那各位想穿越的妹子们最好怀好孕B超为男再穿越过去,那个地方不比我们现代,在生儿子这件事上着实没有什么道理好讲。

《聊斋》众鬼:你们在人间还好吗?

《聊斋》有一篇故事很有名,叫《画皮》。故事讲述了一个男青年半路上遇到了一个美女,心痒难抑,把她接回家去了。有一天,男青年在街上走,被一个道士拉住,说你浑身邪气缠绕,合当要死。男青年当然没有理他,认为这个道士是借口镇妖来赚取几个钱财罢了。故事发展到这里,我突然觉得这是稍微变异版的《白蛇传》也可以成立。但是往后发展,两个故事就完全分两叉去了:男青年回家,恰巧撞上一具恶鬼在细细的画皮,把他吓得魂飞魄散,赶紧去求道士,道士确实把鬼镇服了,但男青年也被开肠破肚吃了心,死掉了。

这个故事的惊异之处在于强烈的视觉对比和心理落差,一个美女转瞬之间变成恶鬼,很符合影视剧的改编的需求,更兼附会上去的道德教化(最后是原配夫人受尽凌辱将他救活),让这个故事政治很正确。但是我一直有一个疑问,假如男青年没有遇到王道士呢?假如男青年一直不知道美女是女鬼呢?又会如何?这个女鬼是干嘛来了?她的目的是什么?

《聊斋》里有各种各样的鬼,有重情重义的溺死鬼王六郎,有力酬知己的斯文鬼叶生,有温柔的吊死鬼梅女,有文艺女鬼宦娘,有被鬼母养大的狐狸精小翠,有孤魂野鬼聂小倩,当然也有大量故事不那么丰富的鬼,诈尸的,还魂的,托梦的,逗留阳间不走的,乐得当鬼无心投胎的。这些鬼的脾性各不相同,完全不会像僵尸或者丧尸那样,一旦失去了生命就丧失了人格特征。比如溺死鬼王六郎,即便在死后依然嗜酒成性,但其人却心底淳厚,重情重义,因为不忍坏了别人性命放弃了难得的投胎机会。叶生可以说是我能想到的最斯文的《聊斋》读书人,即便死了,也拿魂魄里教导知己的孩子念书,使得他们金榜得中。聂小倩是一个被黑恶势力控制但本性非常善良的孤鬼,对人间的美德格外尊重,人格魅力很突出。虽然广为人知的电影改编强化的是凄美的爱情,但《聊斋》原本着力刻画的宁采臣和聂小倩精神层面的自尊和互敬,无论斯世斯时的伦理观今天是否还具有合理性(个人感觉依然有,但可以商榷),但对于个人操守的坚持始终还是值得称道的。这些鬼魂都具有很完整的性格特征和个体特色(很奇妙的是,鬼也有恐惧感),如果不强调他们是鬼,完全可以当成人来看待。

这些鬼的结局也不一样。王六郎放弃了拖人入水当替死鬼从而获取投胎的机会,这是一种善行,后来被天帝褒奖当了土地神享受香火,连当人的痛苦轮回都解脱了。叶生的鬼魂回到家才知道自己已经死了,衣帽委地化为乌有。聂小倩跟着宁采臣在人间潇潇洒洒,甚至还生了儿子,没有任何的妨碍。吊死鬼梅女在阴间了结冤案后,在一个傻大姐身上还魂了,乐享人间的各种欢爱。比较奇特的鬼是才女吕无病,她身上有些法术,但最终也是魂飞魄散,看不出有什么做鬼的显著特征或超人法术。这些鬼的性格和功能完全是随机的,假如你活在《聊斋》里,又恰好遇到一个鬼,基本上你无法有什么经验来指导行动:它是怀着好意还是歹意?和她搞上一搞会不会坏了性命?她能不能生孩子?她到底有什么超人的发家致富的法术没有?她的终极目标是安心当鬼还是要托生为人？相比较狐狸精的共同特点：漂亮（虽然也有例外）、聪慧、有法力、性吸引力奇强，《聊斋》众鬼们的存在方式千姿百态，很难概括出一般性的特点，假如说有，那就只有一条：自然死亡的当然心态平和一点，枉死的一般来说都需要人类的帮助，其中最频繁出现的情节就是挖坟：客死的鬼魂需要把骨头带回家乡，乱葬的鬼需要棺椁，绝后的鬼需要拔草修坟，分尸的鬼魂需要找回失去的部分，枉死的鬼需要平反昭雪。从这一点倒是看到古代丧葬观念如何深入人心，这种观念反映了人和世界的相处模式，人对自身的认识和生死观。至少在《聊斋》的世界里，死远不意味着"结束"，很大程度上它还是更为深远旅程的一个开始。当然，从我们现代人的视角看去，这种认识"不科学"，但这种认识饱含着人对自身的希望和期待，毕竟时至今日死亡对于每个人都是一个或遥远或近迫的命题，在涉及冤狱的故事中，即便身死，也依然有地方说理，这又给了人间的不公一个继续鸣不平的机会，倒是在鬼魅的世界我们能够得到正义的抚慰，因果有报，老天有眼。现代人的理性拒绝了鬼魂的世界，那就得接受死亡是一绝对的句号这样一个事实，同时要接受这其中蕴含的无法解决的悲剧感。

回到最初的那个问题上去，《画皮》里那个女鬼所为何来。她在深夜里举步难行，跟从书生回家，并未见得什么恶行，一副皮囊在外，女为悦己者容，要我说也真算得上有诚意，每日都要化化漂亮（我自己多少也化妆很能理解其中的投资和辛劳），真真是闭门家中坐，祸从天上来，仅仅是卸个妆被书生看见，就招来人镇妖，也是不太能理解这个书生到底怎么搞的，女鬼把他的心吃掉很明智，他真是个毫无心肝的情人。《聊斋》里大量的鬼魅来去自由，和人类一样游荡在天地间，也有工作（《梅女》里的爱卿是鬼妓），也要赚钱（聂小倩算仙人跳团伙成员），也有爱好（宦娘爱弹琴）、习惯（爱奴不能吃喝）、特长（梅女按摩手法一流），有执念（《鬼妻》中死去的妻子不许丈夫续弦），有放不下的心事（死去的丈夫不忍心把老妻留在人间受罪，一起带走了），有时候还有点超能力（吕无病可以日行千里，王六郎可以在水底驱赶鱼群），但总体看来，鬼魅们的行为还算潇洒，鲜有为非作歹助纣为虐的，比人类要可爱好多，要是票选"最想与之喝酒聊天的《聊斋》人物"，恐怕我的名单上都没有活人的。

在蒲松龄的《聊斋》世界里，仙界、人间和鬼蜮虽然有界分，但似乎看大门的并不很严格。各种鬼魅来往穿梭于人间，好好一个大活人，醉一场或者睡一觉，就能进入幽冥世界，或者远入深山，泛舟湖海，都能打开通往仙界的大门。人类在鬼魅世界得不到什么特殊待遇，在神仙世界还是要遭到嫌弃的。但是花妖狐仙鬼怪女仙们来到人间，遭遇到的人情世态也是千奇百怪，让人感叹同样生而为人，眼界情怀胸襟和气魄，那差距确实太大了。

恐惧是最典型的反应。非我族类的来者，正如前文所说，人们因为无法判断其目的，总是难免会恐惧，但恐惧也起源于不同的心理。聂小倩跟着宁采臣回家之后，宁采臣的母亲对她心怀恐惧，不愿意与她夜晚同屋，也不让小倩探看生病的儿媳妇，总体来说对鬼蜮来者很有避忌，但寻常日子这么过着，一粥一饭，在和小倩相熟之后，宁母完全不介意她鬼女的身份同起同卧情同母女。而《画皮》则不然，王生路遇美人二话不说带回家私藏，他的妻子担心这是富贵人家的小妾倘若私藏，按律是要问罪的，这都挡不住王生的色心。鱼水之欢后偶然撞破她是女鬼，王生的第一反应是屁滚尿流的去求人镇妖降魔，文中没有提到任何与女鬼的交流环节，连过路的道长都怜惜女鬼修行不易，不想坏了她的性命，王生的反应却极度猥琐，不但躲进妻子的内室，还强求妻子去观察屋外女鬼的反应，恐惧和惜命占据了他的全部心灵，缠绵枕席的私情好像从来没发生过。这里表明的与其是对非我族类的恐惧，毋宁说是对弱势一方利益攫取后突然发现其强势本色，因而产生对可能付出的价码的恐惧。这恐惧非生物本能，而是人性卑劣。

另外一类反应是同情。最典型的篇章是《王六郎》，好酒的渔夫总在夜晚捕鱼，就总拿酒倒进河里，河里有个爱喝酒的溺死鬼王六郎，于是就上岸来与渔夫相对而饮。这恐怕是《聊斋》里最动人的场景之一：寂静的夜晚，一人一鬼，在深夜的江边对饮，打发寂寥的生涯。人有人的宿命，鬼有鬼的宿命，但在这一江冷流之下，酒是越喝越有况味的。文中并不记载他们说了什么，有夜有酒，也就足够了，就这样过了半年，渔夫得知王六郎是鬼，开始有点惊恐，因为很熟悉很快就不怕甚至同情他了，得知他必须拉一位活人做替死鬼方得转世，渔夫非常纠结。万幸有个幸福的大结局：王六郎因为宅心仁厚一步跨入神仙序列，渔夫仍旧遵守承诺，迢迢路远去探看。虽然《聊斋》是一本以男女之情闻名于世的书，但我个人对《王六郎》这篇文章却始终情有独钟。我喜欢它，也许因为它展现的正是一个我向往的古代：那时候世界还没有分化，人们相信世界中除了我们还有他们，人和人之间甚至人和鬼之间都可以被"情义"二字连接，彼此之间并不计较身份来历，而这情义的起源又绝不是生死离别的戏剧性大事件，无非夜晚的江边你喝酒时递给同在月亮下的我一杯。人也有样子，鬼也有样子。人鬼仙三界并非黑白分明，一只鬼不会为了托生为人、脱离鬼蜮而无所不用其极，仙界也会体察这仁厚之心把他从地狱接入神仙的队伍里永享供奉，而那个月下与之喝酒的打鱼人，正直，豁达，一诺千金——人鬼仙就这样在敦厚的秩序里宽容的共处。这是我体会到的已经过去的，但却是我来自的那个古代，四五代祖先首尾相接就可以追溯到的时代，那时候的人这样生活过。同样令人激赏的是《梅女》中的封云亭遇到梅女，梅女颈缠绳索从墙上飘然而下，双方都明确知道并非同类，封云亭怎么说呢，他说："你如果有奇冤，我可以帮你。"身为女鬼怕有妨碍，梅女甚至无法和他欢好，漫漫长夜，两个人干什么呢？坐在大床上翻绳子玩儿，封云亭昏昏欲睡，梅女甚至给他进行了全身按摩。这个场景无论何时想起来都是有情有趣：是两个人心无挂碍的人吧，是两个乐意在彼此身上花费时间耗费精力的人吧，一个人，一个鬼，都在此时此刻感觉这才算活着吧。男欢女爱当然要紧，梅女并非不通人事，她甚至找来了鬼妓服侍封云亭，有人说是封建遗毒。要我说，不，完全不。古人的爱情里始终掺杂着高浓度的恩和义，搜棺救骨这是恩，以身相许这是义，古人的爱情里掺杂着高浓度的知己之遇，《丑女》就是典型的代表。封云亭同情梅女，帮助梅女，爱上梅女，最后娶了梅女。他明确知道梅女就是鬼，但完全不觉得这里头有什么不妥：你是鬼，那我就喜欢鬼，这有啥值得讨论的。

第三种反应是好奇而无畏。《聊斋》有篇有趣的文章叫《狐嫁女》，开篇就说有个穷而有胆识的人叫殷天官，和一群荒唐朋友们打赌，跑去荒宅大院里过夜看看能不能堵住鬼怪狐仙，真是皇天不负有胆人，还真让他遇见热热闹闹的一场狐仙家的婚嫁现场，狐仙一家好教养，让人高看一眼。要说狐仙没什么好怕，毕竟世间动物成精，法力也有限，好奇好奇也就算了，但在《陆判》里有个叫朱小明的书生，真是把我笑坏了，此人写文章不灵，但有点缺心眼加二杆子，和朋友打赌跑去十王殿把一名绿色脸膛红色胡须十分凶恶的判官给背家里来了，跟这个鬼判官把酒言欢毫无恐惧，喝完了又把鬼判官背回去了。这个判官倒也是旷达豪爽的鬼，也不见怪，反而觉得朱小明是个有趣的家伙，于是经常来和他一起喝酒，还帮他洗肠胃，换了一副聪慧的心肠，从此朱小明成了学霸，朱小明也不客气，请托鬼判官给老婆整整容，而鬼判官居然也还真答应了——哈哈，你说这都算什么事情嘛？人家堂堂十王殿的判官管你的这些破事。朱小明死后也在阳世和鬼蜮之间来去自由，经常回家帮老婆看孩子干家务，堪称国民死鬼好老公。他不是一个扶危救困的义人，也说不上是一个品行高洁的才子，但我非常喜欢他，愚钝之人的好处是从不自我设限，喝酒交朋友管你是人是鬼，脾气相投最重要，他是随时可以脱离社会主流价值观和思维定式的人，他的世界里，人和鬼，生和死，都是一道浅浅的栅栏，跨步就可以越过。

最后一种态度堪称悲剧性的，可以总结为怯懦型。《聊斋》众多故事都是因为这种态度无疾而终的。《葛巾》写的是牡丹花成精的故事，常大用一个平庸之辈，因为志诚感动了牡丹花神葛巾，现出人形以身相报，愚蠢如常大用者，居然很晚才领悟太太是艳绝一方的曹国夫人，而且还拿一首诗来试探妻子，得到的结果是花神太太带着孩子一同离他而去。凡夫俗子，倾其一生所能达到的最大智慧就是"和我相同"，否则就要挤眉弄眼口诛笔伐。《阿纤》是一篇非常可爱的小文，讲的是小老鼠成精的故事，按照成精套路小老鼠成精必定有老鼠的习性，那就是喜欢搬粮食回家。在古代，一个乡里人家娶了一个小老鼠成精的太太那真是三生有幸，阿纤确实也帮助家里脱贫致富了，饥馑之年家里的粮仓总是满满的从来不会挨饿。然而他家政治正确的大哥疑心她并非人类时，所用的试探手段确实令人哭笑不得：养猫。结果可想而知，阿纤迫于无奈离家出走，从此漂泊湖海渺无踪迹。《阿英》讲的是一只家养小鹦鹉成精的故事，家中大哥发现阿英并非人类，居然害怕地躲在门帘后面恳求阿英速速离开，完全不顾及阿英和丈夫与嫂嫂已经有了深厚的情谊，以及她仅仅是一只小鹦鹉这个基本事实（一只鹦鹉能把你怎么地呢？）。这类悲剧不胜枚举，各种花仙狐妖鬼怪都因为人类的狭隘、愚蠢和自私而无处安身，即便她们并未妨碍人类甚至有恩于人类，在这一点上蒲松龄写人倒是写得更写实：多情的总是妖怪，猜忌的总是人类；大胆的总是鬼怪，怯懦的总是人类；无碍的总是妖精，狭隘的总是人类。

我们可以这样想象：星垂平野，月涌大江，你独自在河岸喝酒，这时候远远来了一个少年郎，说他是溺死鬼，长夜深沉无处可去，能不能讨一杯酒喝。你要怎么样？——还能怎样，坐下来喝一杯啦。

后记

苏 美

陀思妥耶夫斯基在《卡拉马佐夫兄弟》中借伊万·伊凡·费多罗维奇的口这样说："所有俄国的青年人现在全一心一意在讨论永恒的问题，正当老人们忽然全忙着探究实际问题的时候。"那时，伊万和他的亲弟弟阿廖沙谈论了上帝、宽恕、生命、痛苦、罪恶、欲望、信仰等等等等。按照书中的信息，伊万此时才二十四岁，弟弟阿廖沙应该还未成年。

我二十四岁的时候应该读过陀思妥耶夫斯基的《白痴》，观感应该不佳，因为我此后近二十年间再没有看过陀思妥耶夫斯基。如今我又打开他，对主人公大段的心理描写，角色之间冗长的辩论突然有了前所未有的兴致，究其原因，我认为是自己对那些"永恒的问题"发生了兴趣。

我非常想写"重新发生兴趣",这样显得我比较"早慧"而"深刻"。但这不是事实。这么说吧:在这之前,因为愚鲁,我从未对这些问题发生过真正的兴趣,它们作为"中心思想""段落大意""反映了×××的思想"出现在我的字典里,但从未真正使我感到困扰。

我的一名同事有次对我讲了她的一个习惯:她不过大年三十。我感到非常惊奇,毕竟这是一个阖家团圆的节日,大家应该穿上新衣服,在鞭炮声里围坐在桌边吃饺子,尤其是她身为人母,这样的场景不出来张罗,将要如何自处。据她简短的叙述,她就只是将自己关在内室,不阻止但也绝不参与这样的热闹场景。我追问她原因,做好准备听到什么具有戏剧性的故事,不料她只简单地说:我意识到人会死的时候,就不过年三十了。后来我在儿子身上也观察到这样的场景:有一度他非常频繁地问我关于生死的问题:"是谁规定我们必须死""我能不能不死""我死了你会不会忘记我"——这样的问题我一个都答不出来。但我突然揣测,这些问题也许困扰过,而且正在困扰着每一个人,差别只是他是否意识到。我的同事和儿子很早就意识到了死亡这个无法逃避的问题,而我,在毫无知觉的愚鲁中生活了半生,突然之间就不得不正视这样一个现实:死亡就像一箱发出的快递,随时可以查到物流详情。

由死亡衍生出来的问题，就是那些永恒的问题。我像个五岁半的孩子一样开始忧惧，想要在有限的时间内找到答案。地球上的死人总数比活人多，那些死去的人先我一步面临这些问题，他们是怎么解决的？

这就是"经典"对我自己的意义，哪怕我们甚至无法讨论死亡，而仅仅是在讨论对死亡的恐惧。

长时间以来我陷入了自我怀疑的困境之中：我笔下跳出的字，可能没有一个是诚恳的（正像一位朋友毫不客气指出的那样："这是典型有病加做作。"）。这并不意味着我有意欺骗读者，在说谎话，而是意味着我在说废话。这些字没有存在的必要性，当然也不见得有什么危害，但从最大的意义和最小的意义上看，完全没必要出现。然而问题是，它们已经被我写出来了，就摆在我的面前，像是一项成果，更像是一项指控。以至于在完稿一年多之后，我连一个字都没改过，并非精彩意义上的不可更改，而是我连打开文档再读一遍的勇气也拿不出了。

但这样的表述可能都是有病加做作的。感谢李黎，我的编辑，我的朋友，出版了这本书。我也希望能一直写下去，但如果哪天不写了，那也非常好，那说明我过得更好了。

图书在版编目（CIP）数据

爱情就是堆积如山的笔记 / 苏美著. — 南京：江苏凤凰文艺出版社，2019.3
ISBN 978-7-5594-1812-8

Ⅰ. ①爱… Ⅱ. ①苏… Ⅲ. ①随笔－作品集－中国－当代 Ⅳ. ①I267.1

中国版本图书馆 CIP 数据核字(2018)第 058538 号

书　　　名	爱情就是堆积如山的笔记
著　　　者	苏　美
责 任 编 辑	李　黎　李珊珊
出 版 发 行	江苏凤凰文艺出版社
出 版 社 地 址	南京市中央路 165 号，邮编：210009
出 版 社 网 址	http://www.jswenyi.com
印　　　刷	江苏凤凰新华印务有限公司
开　　　本	880×1230 毫米　1/32
印　　　张	8
字　　　数	150 千字
版　　　次	2019 年 3 月第 1 版　2019 年 3 月第 1 次印刷
标 准 书 号	ISBN 978-7-5594-1812-8
定　　　价	45.00 元

（江苏文艺版图书凡印刷、装订错误可随时向承印厂调换）